温酒 作品

无常店

CTS 湖南文艺出版社
HUNAN LITERATURE AND ART PUBLISHING HOUSE

博集天卷
CS-BOOKY

图书在版编目（CIP）数据

无常店 / 温酒著. —长沙：湖南文艺出版社，2017. 2（2021.5重印）
ISBN 978-7-5404-7874-2

Ⅰ.①无… Ⅱ.①温… Ⅲ.①长篇小说—中国—当代 Ⅳ.①I247.5

中国版本图书馆CIP数据核字（2016）第289487号

上架建议：长篇小说

WUCHANGDIAN
无常店

作　　者：温　酒
出 版 人：曾赛丰
责任编辑：薛　健　刘诗哲
监　　制：蔡明菲　潘　良
出 品 人：乔　洋　尹　健　唐梓严
特约策划：西　离
策划编辑：邢越超　张思北
特约编辑：刘　筝
营销支持：李　群　张锦涵
版式设计：李　洁
封面设计：仙境书品
出版发行：湖南文艺出版社
　　　　　（长沙市雨花区东二环一段508号　邮编：410014）
网　　址：www.hnwy.net
印　　刷：三河市中晟雅豪印务有限公司
经　　销：新华书店
开　　本：880mm×1270mm　1/32
字　　数：171千字
印　　张：7.5
版　　次：2017年2月第1版
印　　次：2021年5月第3次印刷
书　　号：ISBN 978-7-5404-7874-2
定　　价：38.00元

若有质量问题，请致电质量监督电话：010-59096394
团购电话：010-59320018

无常店

WU CHANG DIAN

目录
Contents

目 录

Contents

无常店
WU CHANG DIAN

❶ 酆都

顾山河取了笔墨，

在牌匾上题下了两个大字：无常。

无常，寓意着世事不定，

兄弟二人的人生，也确实始终没能逃脱这两个字的环绕。

1.

雨季里的每个晴天都显得格外珍贵。

阳光下，一个身着黑袍的男人自远处走近。风扬起他的兜帽，露出一张苍白的脸。那张脸年轻得很，但细细观察，却又给人以沧桑的感觉，仿佛这个男人已度过了很多年月。

这年月很长，长到生命都无法追逐。

黑无常从怀中掏出一只烧鸡，放在地上，笑眯眯地看着小狐狸扑上来，狼吞虎咽。

院子里早已有数人到了，干着各自的事情。黑无常算是最后一个到的。

"哟，今天人到得这么齐？"黑无常有些诧异地道。

他摸了摸小狐狸的头，站起身来，望向树下的石桌。桌边坐着两个人，正一边聊天，一边下着象棋。

黑无常走了过去，站在其中一位穿白袍的男子身后。他敲了敲棋盘，冲对面拿着棋子的男人努了努嘴："唉，老鬼，要我说你还是去投胎吧。我一天天不厌其烦地在你耳边唠叨，你不烦，我都烦了。"

"将！"老鬼推动棋子，笑着摇摇头，"你不劝我不就好了，投胎多没劲，不想。"

老鬼虽然开着玩笑，态度却是仍然强硬。黑无常挑了挑眉毛，又环视一圈其他人。

所有人都是摇头。

小狐狸把烧鸡吃得只剩一半，摇身一变，化为一名青衣少年。他从腰间抽出一把匕首，拿起烧鸡，将其切成碎段。

"小黑哥，你就别劝了。"少年把鸡肉扔给路边的野猫，笑着道，"我们为了什么，你又不是不知道。"

"我可不知道你们为了什么，说是要追随我和老白，谁知道是不是真的。"黑无常耸了耸肩，抱着胳膊往墙边一靠，翻了个白眼，"我们又不是什么好人，你们一天天总赖着不走干吗？鬼差不是什么好差事，虽然没什么危险，但要没日没夜地工作。你们这么跟着，倒是不嫌累。"

"再说了，我还得给你们包食宿。"说着，黑无常看了一眼身边的男人，"这么赶你们，你们都不走，也不知道老白给你们下了什么迷魂药。"

白无常听得无奈，回头瞪了黑无常一眼："什么老白，没大没小的，叫哥哥。"

"喊，你让我叫我就叫，我岂不是很没面子？"黑无常不屑地撇了撇嘴。

"你叫不叫？"

"说不叫就不叫。"黑无常道，"你威胁我有什么用，谁还不知道谁的底？"

"其实我今天见到了一个人。"白无常突然说道，"长得很像你的雨儿。"

黑无常一愣。

"一开始我也不敢相信，毕竟那么多年都没找到。"白无常打了个响指，"但事实证明，确实是她。"

白无常的指尖蹿出一簇摇曳的火苗，他一弹，将其射向黑无常。

黑无常接过火苗，送到鼻尖，轻轻一嗅，变了脸色。

"确实是她，但是这个强度……"黑无常皱起了眉头，"她在哪儿？"

白无常轻轻叹了口气："医院。"

"将！"黑无常夹起一颗棋子，落在棋盘之上，"游戏结束，老鬼，你输了。"

"你，你，你。"黑无常伸出手指，向四周点了几点，"都先一边去，老子要和我哥去办正事，没空搭理你们。"

说罢，黑无常一把将白无常从座位上拉起。

2.

雨儿是黑无常还活着时的妻子。

大概一千年前，或者更久，黑白无常还不是鬼差。那时社会动荡，战乱频发，边塞的城市，一座又一座被外族侵占。兄弟二人的家族本是边塞一城池中的大户，军队败逃后，终究没能逃脱，除两个孩子之外，悉数死于屠城。

道士隐居多年，云游万里，却在屠城那天被一只信鸽找上门来。

信鸽带了一封血书，上印顾姓徽记。道士从未与这个家族打过交道，却惊讶于他们了解自己并能在无数人中找到自己的能力。他一时好奇，便依了信上的请求，去了那座已被屠尽的空城。

道士顺着血书的指引，发现了被藏在水缸中的两兄弟。当时仅有一两岁的兄弟俩不哭不闹，相拥而眠。

水缸盖子被掀开时，天边有龙吟声起。

道士多少也是见过世面的人，当时大吃一惊。天有龙吟是王者出世的征兆，即便是当今圣上，也不曾经历过这等瑞象。据传说，上一次有这种景象出现，还是本朝太祖领兵杀入前朝皇宫的那天。搞不好这兄弟二人在乱世之中会有惊天的作为。

思绪及此，道士立刻决定保下这两个孩子。他将他们裹在布中，骑着快马，穿过大半个国家，直奔全国最安全的皇城。

皇城中，道士租下一间客房，决心尽力教导这两个孩子。从那时起，他便几乎每日足不出户。从识字开始，到修习经典，几年里，道士把自己所拥有的一切知识倾囊而授。

哥哥名为山河，弟弟名为青锋，仅从姓名来看，都透着一股浩气。

七岁时，天资聪颖的兄弟二人成了道士的关门弟子，随他游历四方。一路数年，三人跋山涉水、借宿农家、横穿战场。道士教授他们兵法、武功，甚至还有自己仅会的一点点法术。

刚刚十二岁，兄弟二人便已将道士教授的全部东西融会贯通。当时还算是孩子的兄弟俩，无论是智谋还是武力，都已不逊色于成年人，甚至更强。而此时，道士已经没有更多的东西能教给他们了。

"去战场吧。"那天温习完功课后，道士将兄弟二人叫到身前，对他们说，"乱世之中，兵戈沙场才是你们的归宿。"

"这是你们成长中最重要的历练。"道士将一对刻着兄弟名字的白色玉佩交到他们手中，叮嘱道，"你们仍太过年轻，经历过真实的杀戮，心智才算真正成熟。"

"但切记万物无常，做任何事情，都要三思后行。最重要的是，活下来。"

一语成谶。

日出时分，兄弟二人离开了暂住的村子。他们向着最近的营寨进发，却意外地与起义军擦肩而过。

守营的士兵说，早在他们到达的前一个时辰，军队便已起兵征伐。

附近的城池最近才被起义军占领，按理来说，短时间内应该不会再有战事才对。但事实就是如此，兄弟二人虽然百思不得其解，也只能失望地离开。

他们万万没想到，被征伐的地方，竟然是他们之前所居的村子，那个居住着手无缚鸡之力的普通人的村子。而理由竟然仅仅是在起义军安营时，他们没有主动发出邀请。

如此拙劣。

熊熊烈焰点燃了每一户人家的房屋，求饶声与惊叫声充斥了夜空。对由乌合之众组成的起义军来说，钱财与美色，往往比正义要有吸引力得多。他们冲进房中，抢夺财物、强奸女眷，将反抗的男人拖到街道中央，乱刀砍死。

起义军刺耳的笑声传出了很远。

道士死了，死在拦截起义军的路上。他毕竟年纪大了，能敌过一人，能敌过十人，却终究敌不过百人。更何况，这世间的贪婪之徒又何止百人。兄弟二人冲回村庄时，道士的尸首都已无处可寻。

血液浸湿了泥土，废墟与断肢混合在一起。

兄弟二人离开村子时怎么也没想到，道士口中催人成长的杀戮，竟然发生在他自己身上。

他们被道士拉扯长大。在他们心中，道士的身份不仅仅是老师那么简单。那个严厉却不失慈爱的老人，反而更像是父亲。怒火与悲痛充斥了兄弟二人的脑海，将他们的理智燃烧殆尽。

顾山河捡起了刀。

赤色的火焰中，他如凶神一般踏着烟尘，走向起义军。

顾青锋紧随其后，他们一看到起义军装束的人，就挥刀砍下。起义军张狂的笑声化为难以置信的哀号，一切冲上来的人，都躲不过兄弟二人的刀。刀快得惊人，仿佛狂袭的风，裹挟着愤怒斩开了一切。

仇恨冲昏了兄弟二人的头脑，他们杀红了眼，血肉在刀下横飞，将衣衫染成赤色。

一个时辰之后，村中的起义军要么逃走，要么死在兄弟二人的刀下，化为一缕亡魂。刀从顾青锋手中脱落的时候，整条街，都已经空了下来。

大火逐渐灭了。

兄弟二人穿着染血的衣服，帮助其他村民搜索全村。他们将尸体从废墟中抬出，送进已经挖好的土坑，一个又一个，将逝者埋葬。

顾青锋就是在这时，结识了雨儿。

那个满脸尘土的小姑娘跟在兄弟二人身后，一言不发地帮着他们搬运尸体，刨开泥土。她的父母都死在这场杀戮之中，自己也险些被起义军的兵痞污辱。是顾青锋一刀斩下那个兵痞的头颅才救了她。

那天之后，兄弟二人谁也没再提参军的事。他们远离了村子，继续游历。雨儿无家可归，也随着他们远走他乡。

时间转瞬即逝，三年后，雨儿嫁给了顾青锋。三人回到了皇城，购下了当初道士租房的客栈，做起了小生意。

顾山河取了笔墨，在牌匾上题下了两个大字：无常。

无常，寓意着世事不定，兄弟二人的人生，也确实始终没能逃脱这两个字的环绕。

客栈开在皇城中的繁华之处，生意本该兴隆，但随着朝廷的军队在战场上的节节败退，即便是皇城，也处于人心惶惶的状态。

普通民众不经训练便走上战场，无异于送死。但战事越发紧急，人手不足的情况下根本没有追求质量的余地。一队又一队将士从皇城走出，更多的普通人填入军营，此时的前线，俨然已经变成了绞肉机。

兄弟二人已攒下些基业，本可以破财免灾，依靠捐款避免参军，但终于还是没有这么做。一方面，战争继续下去早晚会波及他们，倒不如主动迎上去。另一方面，也算是为了了却师父的一桩遗愿。

安顿好雨儿后，兄弟二人加入了朝廷的军队。即便朝廷从上到下昏庸无能，也总比加入仇人的队伍要好一些。

从小习武的他们不同于其他士兵。面对起义军的乌合之众，自第一次上阵起，他们便以以一当十的阵势横扫战场，甚至不止一次，在万军之中取得敌将首级。

没用多久，二人就不断升迁，成为将军身边的副官。依靠道士传授的兵法，他们战功显赫，杀敌无数，一步步升至将军。

到了后来，凡是二人出现的地方，敌军均是闻风丧胆。前线捷报不断，兄弟二人的名气也越来越大，直至传遍全国。哥哥善阵，被人称为军神；弟弟善武，则被人称为战神。

但若说人类最大的劣根，便是无尽贪婪的欲望。无论赵高抑或董卓，世间总有些人是不在乎国家兴亡的。欲望已经抹杀了他们的人性，在他们的心中，自身的利益便是一切。

而兄弟二人的崛起，却刚好成了利益集团不断蛀食国家的拦路虎。

一次攻坚战时，本应按期送到的粮草不翼而飞。士兵在饥饿中战斗，一个接着一个被精神饱满的敌军斩落马下。

这是兄弟二人第一次失利，也是最后一次。

一切结束时，兄弟二人背靠背站立，足下是上百人的尸山。与道士当初所想不同，所谓龙吟之士，却是轻易地死在了阴谋诡计之中。

兄弟二人倒是没有遗憾，他们从参军的第一天起，就已经什么结果都有所预料了。唯一的不舍，大概也只是雨儿。

顾青锋怒目而立，将利剑指向身下。顾山河则拎着折断的长枪，仰天长笑。

直到死时，他们还保持着这样的动作。

敌军士兵被他们的气势所摄，即便二人已死，仍久久不敢上前。

魂归大地。

3.

兄弟二人再醒来时，身处之地已经不再是沙场。

手中的刀剑长枪皆尽消失，兵戈碰撞声，也再无存在。

一束昏黄的光线不知从何而来，照耀着兄弟二人所站的这片空间。天空是无尽的黑，没有太阳，也没有星月。青色的石板铺成一条道路，向着远处延伸。

只有这条路才是亮的，更远的地方，无论东南西北，都与天空没什么两样。枯萎的植物延伸出去，隐没在黑暗之中。这里没有风，一切都充斥着冰冷，不时有几声凄厉的尖啸自远处传来，直通入耳。

四周散发着一股死亡的气息，不是血液的腥，也不是死尸的腐，就是极其纯粹的死亡。这是一种很玄妙的感觉，即便从未经历过死亡的人都能有着清晰的认识，仿佛自出生起，它就被刻在了记忆深处。

兄弟二人对视一下，踏上了那条唯一的路。潜意识告诉他们，那里才是他们的归宿。

一路上什么都没有，除了不知多长的石路，四周就尽是一片枯燥的景象，仿佛同一段路被复制了无数次。奇怪的是，兄弟二人不断前行，竟也没感觉到疲惫。无论是困倦抑或饥饿，一切感觉似乎都消失了。

一开始，他们还能靠着步伐的频率在心中计算时间与路程，依靠不断聊天来缓解情绪。但随着时间一分一秒地流逝，一切都开始变得混乱。鞋底敲击地面的声音如同催命的钟声，使兄弟二人内心愈加烦躁。

这还是他们的意志远超常人。若是普通人，恐怕早就在这深沉的压抑之下疯狂了。

或许是一天后，也或许是一年后，兄弟终于看到了点不一样的东西。

一个渡口。

无数条石路，与他们脚下所踩的一模一样，从四面八方汇聚到渡口边上。湖水漆黑，微微泛着波纹，却一丝波光都没有反射回来。一艘艘小木船紧靠着岸边，静静等待着什么。

路的尽头开始有其他人出现。他们有的已经如行尸走肉一般，一言不发，默默上前踏上渡船。有的则仍拥有意识，看到眼前的景象或喜或忧，或笑或泣。还有的人意识到了什么，恐惧地大叫一声，脱离石路，向充斥着黑暗的荒野跑去。

不一会儿，便又听到了痛苦的惨叫声。

"看这一路的景象，怕是入了鬼门关了。"顾青锋开口，声音沙哑不堪，"走了不知几日，终于到了分界之处，只是不知下面的路还有多长，能不能坚持下去。"

浪微微拍在码头之上，发出阵阵潮声。身披残破黑衣的船夫坐于船头，待一有人上前，便撑起长杆，把船推入湖中，渐渐消失在黑暗里。

顾山河的眼睛微微眯起："坚持不坚持得下去，又有什么关系呢？相比之下，那些如行尸般的人，不是更好吗？若是真像传说中所说的，走到尽头也是饮一碗孟婆汤，忘记过去，轮回转世，倒还不如像他们一样，起码免了下面路程的痛苦了。"

"再说了，"顾山河语气一转，"不想前进，真的还有返回的机会吗？"

顾青锋一怔，想到刚刚的惨叫，苦笑一声。

"我着相了。"

"走吧。"顾山河道，"在这里已经待了太久了，是时候加快一点速度了。"

说罢，他率先向前。

踏上船的那一刻，顾青锋几乎以为自己是踏上了又一处平地。黑色的湖水不断翻滚，小船却完全不随之摇动。船夫略一撑杆，小船便平滑漂远，如同行于虚空，没有一丝滞塞。

"我看到你心中的犹豫了。"船夫呵呵一笑，声音尖厉难听，如同一把铁锯在玻璃上摩擦，"你哥哥的选择是对的。"

顾青锋皱眉，他与哥哥对话时，距离渡口足有千米，声音也不算大，这船夫能知道他们交谈的内容，显然已经不只是听力优秀的程度了。

船夫却好像没看到顾青锋的表情一般，自顾自地反问道："知道那些闯入荒野的人，结果都是什么吗？"

"什么？"

"呵呵呵呵呵……"船夫发出了如破风箱一般的笑声，"自然是被荒野上的那些妖魔分食。不过，已经来到这里的人，是不能再死一次的。他们会被利齿撕碎，却又会在被撕碎的瞬间复活，一遍又一遍地体验这种痛苦，千年，万年，永无止境。"

"所以，你是不是应该谢谢你的哥哥呢？"

顾青锋听得一阵恶寒，不由得打了个冷战，远处隐隐传来的惨叫声，都似乎更凄惨了一些。

船夫说完这番话后，便不再出声，只是隔一段时间，便拿起长杆，调整一下船的方向。

这片黑色的湖泊大得惊人，兄弟二人从小到大游历过无数地方，从来不曾在水上行进过这么久的时间。几乎过了和走路来时差不多长的时间后，他们才隐约看到对岸。湖上有些雾气，将黄色的光衬得朦朦胧胧。

即将触岸前，船夫又一次开口。

他说："你们还应当感谢一个人。"

兄弟二人均是一愣。

"送你们这对玉佩的人。"船夫伸出手，指向顾山河的胸膛，扯了扯嘴角，僵硬地笑了一下，"感谢他让我又要多撑几次冥船。"

说罢，他将船定在岸边，放兄弟二人下船。然后一甩长杆，将自己推回湖中。

顾山河自胸前掏出玉佩，百思不得其解。那玉佩与以前相比没有丝毫变化，仍是暗淡的乳白，不太起眼。

不远处，另一艘小船停泊在岸边。船上的人拍了拍船夫的肩膀，大步流星地下了船。

顾青锋轻轻吸了一口冷气，拍了一下顾山河的肩膀。

顾山河顺着弟弟的目光看去，赫然发现那船上的船夫，正是早他们一步上船的渡客。他猛地回头，看向朝远处走去的人，目光锐利。

"看来这里的船夫实行的是替换制度。"他冷冷道，把玉佩重新放回胸前藏好。他虽然不知这块玉佩为何能震慑住之前载他们渡河的船夫，但既然有此效果，将其收好，显然是没错的，保不齐什么时候就能用到。

兄弟二人没再停留，沿着刚才下船的人行进的路线，健步追去。

这次走的路程少了许多，不多时，石路扩展，豁然开朗，兄弟二人抬起头来，均是浑身一震，不自禁叫出声来。

这是对神迹的赞叹。

一座通身墨色的巍峨巨城进入了他们的视野。城墙高耸，足有万仞，赤色的光辉浮在上面，不时流转。无数巨大的雕塑排成一排，镇于城墙周边，栩栩如生，仿佛活物。与其相比，人间的皇城简直像是孩子捏出的泥塑。

　　城下是一座土筑塔台，台前则是条奔腾的护城河，赤黄相间，水流极其湍急。河上三座拱形长桥，正通行着无数的人。人流从桥前分割为三列，又到桥尾合一。

　　兄弟二人的身前，是一列极长极长的队伍。无数人从不同的石路会聚到其中，他们均是低头行进，拖着灌了铅似的腿。到处充斥着压抑的气息。

　　几个戴着厉鬼面具的人不时拎着兵器巡视，偶尔队伍中有禁受不住压力出逃之人，这些鬼面人就扬起武器，将其钩回。凡有反抗者，便会遭受打击。

　　兄弟二人亲眼看到，其中一个反抗者，被那重若千钧的铁钩打得灰飞烟灭。

　　走过这段路程，用了整整三天三夜。踏上奈何桥的一瞬间，一股莫名的能量自二人小腹向上，如出水的长龙，直达颅顶。兄弟二人不自觉心神一震，讶异地对视一下，竟都有种发尽上指冠的感觉。

　　随着他们在桥上前行，胸前所挂的玉佩也有了变化。原本暗淡的玉佩不断放出乳白色光辉，逐渐变得温热起来，待到了土台前时，甚至已经变得滚烫。

　　土台之上，一位妇人直身而坐，身边摆着一口巨大的砂锅。蒸汽升腾，一勺又一勺汤自锅中舀出，倒入面前的汤碗。服侍的小鬼把汤端给每个来到台前的人，饮下汤品后，他们便可从土台旁路过。

　　她是孟婆，兄弟二人很清楚，即便从来没见过，但有关她的传说实在太多太多。

　　透过她有些苍老的脸，仍能看出年轻时的美。她总是像在思考着什么，嘴中念念有词却又让人听不真切。顾山河站定时，一个小鬼从她面前端起汤碗，送到兄弟二人手中。

"看来你们兄弟二人感情还不错，死都能死在一起。"小鬼轻笑了一声，"就是年轻了点，来世若仍能做兄弟，还是好好珍惜自己的生命吧。"

顾山河接过碗，嗅了一嗅。那汤竟是奇香无比，令人颇有食欲。

"不是说，孟婆汤是无色无味的吗？"他小心翼翼地问了一句。

"配料早就改了。"小鬼摆了摆手道，"本来不该告诉你的，这是忌讳。快些喝吧，后面还有不少人排着。"

兄弟二人对视一下，突然笑了。

"那，干了。"

两个碗碰撞在一起，汤汁四溅。

他们的头顶，是巨大的牌匾。"酆都"二字，镌刻着深沉的力。

❷ 黑白

你一定不能懦弱，

世界虽大，但你放弃了，

就不会再有容身之处。

所拥有的一切，你一定要用命去保护。

1.

"等一下！"

就当两碗孟婆汤即将被兄弟二人喝下时，孟婆猛地站了起来，甩出一只空碗，将二人手中的汤碗击碎。

这一切发生得太快，所有人都被这突如其来的变故震惊了。不仅仅是顾山河、顾青锋兄弟俩，就连孟婆身边的几个小鬼，也都是一愣。

这种孟婆汤喝到一半被打断的事情，简直是前所未有。顾山河身旁的小鬼急忙跑到孟婆身边，附耳说道："小姐，这恐怕不太妥当吧。"

"有什么不妥当？"孟婆倒是完全不避讳，直接出声叫道。

"这……"小鬼也不知道回些什么好。

"我看着两个小家伙不错。"孟婆走下望乡台，上下扫了一眼兄弟二人，"刚好前任无常不在了，新的黑白无常，不如就让他们来做吧？"

小鬼瞪大了眼睛："小姐，自古以来，可就从来没用过这种方式授命鬼差。尤其是无常，掌管上界孤魂乃是要职，可不是什么人都能轻易做的差事，还望小姐三思啊！"

"不必了。"孟婆一挥衣袖，转身登上望乡台，"带他们去见秦广王，就说受我引荐，司黑白无常职。"

兄弟二人被小鬼带着进了阎王殿，面见了阎王，又被拉去换上了黑白色的长袍。直到小鬼把束魂锁、哭丧棒等各种东西都塞到二人手中时，他们仍处于浑浑噩噩的状态。

当日的汤散尽后，孟婆自望乡台下来，一路穿过半个酆都，见了无常。

"你们两个很好。"孟婆面露笑容，"从你们两个进入开始，我就一直在关注着你们。这一路上，你们的表现我很满意。"

兄弟二人对视一下，均看到对方眼中的疑惑。

顾山河踏前一步，抱拳问道："小子以前可见过前辈？"

"我知道你们要问什么。"孟婆摇摇头，笑道，"很多事情，不是有恩才要帮的。"

孟婆说得模糊，兄弟二人再问，她就什么也不说了。直到很久以后，兄弟二人才明白，他们成为无常究竟意味着什么。

无常的活计说简单不简单，说难倒也不难，唯一需要做的，便是将不愿投胎之人的灵魂索回。这些人中大多数是心有执念的孤魂，少部分则是法力高强的恶灵。前者好办，轻易就能解决，后者就要麻烦一些。

也因为此，兄弟二人除工作以外，也要接受孟婆的教导。他们的确天资极高，经过短短十几年的修炼，面对大多数工作，便已能驾轻就熟。

地府给了黑白无常足够的重视，平日里也并没有什么钩心斗角。随着实力的提升，兄弟二人混得风生水起。尤其是弟弟，性格开朗，又心怀正义，上至十殿阎王，下至小鬼，都对他颇为偏爱。

他们本以为生活就会如此平稳地继续下去，但世间的一切，终究不会常遂人愿。

那天，地府的风似乎比往常都大。

白无常如往日一般，从判官那里领了当天的束魂令，递到黑无常手中。二人顺着地图的指引，收归一个又一个魂灵。

一切似乎都稀松平常，直到最后一处地点。

站在这片战场上的那一瞬，黑白无常仿佛穿越时间，回到了过去。

"居然是这里……"黑无常说笑的声音小下去，"我以为自己把这里彻底忘了，原来仍有记忆。"

白无常叹了口气，率先领路。

他们没有腾空飞行，而是一步步地走着，仿佛用了不属于人间的能力就会唤醒他们的痛苦一般。

黑无常从腰间的口袋中掏出最后一张画像，开口读着上面的信息。

"恶灵，中度危险，游离三年。"

"卒岁五十三，女性。"

然后他猛然怔住。

白无常好奇地去看，赫然发现那画像上的恶灵，正是雨儿！

黑无常找到雨儿时，天已经黑了。那个曾经清秀的女孩一脸灰尘与皱纹，盘踞在黑白无常绝命的地方。在那里，她嗅到了挚爱之人的气息。

遍地的断骨，隐藏在荒芜的杂草之间，黑无常还能看到哥哥那杆断了的长枪。

他亲手勾走了雨儿的幽魂。被划归为中度危险的恶灵雨儿一点也没挣扎，只是始终挡住自己的脸。

她不想让黑无常看到自己那张苍老的、布满灰尘与皱纹的脸。

可她真的很美，美到黑无常都无法形容。近三十年过去了，黑无常简直不敢想，这三十年间，雨儿是如何熬过来的。

"我等了太久太久，只等到了你们的死讯。"雨儿伏在黑无常的肩上，梨花带雨，她说，"来生太远，我不想再等了。"

黑无常点点头，牵着她的手，带着她一步步重新走了一遍自己曾走过的道路。

雨儿直到喝下孟婆汤前，还以为自己会在阴间与黑无常共度余生，即便再也见不到阳光，终日生存在死亡气息之中，她也心甘情愿。

但黑无常骗了她，他不敢留下雨儿的灵魂。普通人必须投胎，这是地府的规矩，不遵守就是大罪，黑无常不敢违抗。他一遍又一遍地安慰自己——投胎对雨儿来说，是更好的结果。

那天黑无常喝了很多酒，却感受不到一丝醉意。

他早已丧失了很多凡人身上特有的东西，例如痛觉，例如醉酒。

例如死亡的权利。

现在又多失去了一项，那便是，笑。

这之后，人间过了很多年，黑无常依旧与哥哥做着勾魂的工作，也与以前一样调侃戏闹，但他的脸上却再也没有出现过笑容。

慢慢地，他也知道了，人间魂灵那么多，地府并不会一一检查。时间一长，他便也睁一只眼闭一只眼，只要地府不催，对不愿投胎的幽魂，他也不去管。

奇怪的是，他不断地寻找，投胎后的雨儿却再没出现过。

他安慰自己，世界那么大，不可能每一个他想要的，都会被他拥有。

"可是，"他常常想道，"不甘心啊。"

2.

站在病房门口，黑无常突然不敢推门进去。即便白无常递给他的那簇魂火上明明白白有着雨儿的气息，他仍有些畏惧，畏惧又一次燃起希望后的失望。

"喂，小黑，"白无常捅了捅黑无常的后腰，"雨儿可就在里面，你轻轻把门一推，两千多年的夙愿就算是达成了。还在这儿等什么呢？进去啊！"

"我不敢……"平时凶神恶煞般的黑无常，此时竟然缩了缩脖子。

他寻找雨儿的踪迹，足足找了两千年。他曾一次又一次失望，与线索擦肩而过。有的时候，他甚至会想，是不是上天因他违背承诺而以此降下惩罚。从希冀到绝望，他经历了无数困苦。此时这种踏破铁鞋无觅处、得来全不费功夫的情况，反而给他一种不真实的感觉。

"尿不尿！"白无常骂道。

"呸，老子什么时候尿过？"黑无常不屑地瞥了白无常一眼，冲着地上啐了一口，却仍迟迟不敢推动房门。

他深吸一口气，平复了下心情，伸手出去。

"哟，随地吐痰，被我抓到了。"一脸凶相的中年妇女不知从哪儿蹿了出来，她看了一眼地上那口痰，又指了指自己的红袖标，冷冷说道，"罚款三十。"

"啊？"黑无常被她一吓，刚伸出去的手又收了回来。

"怎么？你想赖账？"女人眼睛一眯，抓住了黑无常的衣服，"这是医院，现在的年轻人，素质这么低，不罚点款，看来是不知道天高地厚。"

"你坑我呢吧？"黑无常抽了一下身子，却没有抽离，当即有些气急，"吐口痰就管我要三十？你还不如去抢。他妈这么贵，谁脑子进水了才会给。"

女人冷笑一声，却没有撒手的意思，似乎只要黑无常不把钱给她，她就能在这门口耗一整天。

咔嗒，门开了。

"怎么啦？"

糯糯的声音响起，仿佛一盆清水，浇灭了黑无常的火气。

少女揉着惺忪的睡眼，倚住门框。一头长发绾成丸子头，用一根筷子束在头顶，露着白皙的锁骨。玲珑的身段即便隐藏在睡衣下，也仍引人注目。

黑无常转过身去，一时间看得呆了。若说相见之前仅靠气息还不敢确定，此时他却是一眼就看出来，面前的女孩，就是雨儿。

无论气质还是相貌，都一模一样。

"钱。"女人扯了扯黑无常的衣服，又一次开口催促道。

"哦哦哦……"黑无常掏出了钱包，数了三十块钱递给女人，视线却一刻都没离开过女孩。

"脑子进水。"白无常笑着，在黑无常耳边悄声道。他扬起手，打了个招呼。

"初次见面。"

3.

"小浅，吃不吃苹果？"

"不吃啦。"夏浅笑着道，两个小酒窝格外可爱。

许多世之前，女孩名为雨儿，现在，她叫夏浅。尽管名字变了，但无论是气质、容貌还是性格都丝毫不曾改变，依旧如千年前般吸引着黑无常。

那天，黑白无常寻了个借口，进了女孩的病房。其实那借口拙劣得很，但女孩也不知是蠢，还是太过善良，竟没有丝毫防备地放了他们进来。

夏浅与他们聊了很多，从病情开始，到自己的生活。十几年的经历，女孩没有一丝隐瞒。于夏浅而言，面前的两个人有一种莫名的亲切感，使她不由自主地想要亲近。

很多话，夏浅积压在心中，已经有数年之久。

夏浅这辈子从来没体会过这样的感觉，她从出生起就是孤儿。

当年还是婴儿的她，被检查出患有先天性心脏病。医生那时对她父母说了些什么早已不得而知。或许是生活条件不足以负担医疗费用，或许是以为这种病完全没有希望治愈，也或许是重男轻女的思想作祟，夏浅的父母把她抛弃在了孤儿院的门口。

时间一天天过去，夏浅也逐渐长大，慢慢成了个美人坯子。唯一的缺陷，大概就是有一点瘦弱。

每个周末，都是夏浅最开心的时候。很多陌生人会来孤儿院看望孩子，他们带着零食、玩具，陪孩子们玩乐，给他们读童话。而每隔一个月，这些陌生人中总会有那么一两个，下定决心领养一个孤儿。

夏浅因为长得可爱，人又听话，每次有人来看孩子时，她都是最抢手的那个。

但领养不同。不会有任何一个家庭愿意领养一个患有先天性心脏病的孩子。夏浅也很想有属于自己的父母。但每次签了领养协议书后，那些曾围绕在她身边的大人都会带着其他孩子离开，留下她孤独地生活在孤儿院里。

一次，两次，同样的情况发生了无数次，每当有这种情况时，这个弱不禁风的小姑娘总会哭到深夜。

孤儿院的义工们看着心疼，却也无计可施。

后来，夏浅到了学龄，她的病又使她无法同其他孩子一样去上学。

她亲眼看着与她一起长大的孩子们，背着崭新的书包，一蹦一跳地向学校走去，消失在路的尽头，她也看到那些孩子翻着学校发的新书，兴奋地讨论着功课。每当这个时候，她就只能站在一边，满脸艳羡。

夏浅和其他孩子的生命，似乎从此转向两个不同的路口。久而久之，没有上学的她越发显得孤独。

孩子没有心机，自然不会主动孤立她，但其他人每一次谈论有关学校的生活时，她都无法参与其中。夏浅与同龄孩子间的共同语言越来越少，直到无话可说。

后来，年长的孩子都悉数离开了。与夏浅差不多年纪的孩子，要么有了属于自己的家庭，要么就被资助上了大学，要么就已经出去工作，自己独立生活。

夏浅则留在孤儿院里，成了一名义工。

十九岁的某天，夏浅的心脏病终于犯了。

陪孩子玩时，她突然胸闷摔倒，被送进医院。老院长替她垫付了医药费，却没有能力更进一步地帮她支付手术费用。

按照医生的话来说，即便做了手术，她痊愈的概率也只有百分之二，甚至有极大的可能性下不了手术台。相比之下，不做手术，活的时间反而有可能更长一些。

一直以来，夏浅没有朋友。她每日孤独地躺在医院的病床上，望着天花板。她羡慕地看着医院窗外的人来人往，一如幼年时看着上学的其他孩子。

直到认识了黑白无常，她被从未经历过的炽烈情感冲蒙了。

黑无常就如同一只忠犬，没有一天不去看望夏浅。在他的悉心照顾下，夏浅虽仍旧病着，性格却是一天天变得开朗。

她开始时常露出笑容。用夏浅的话来说，认识黑无常后这段时间，笑的次数比她前十年的笑加在一起还多。

二人很快便坠入了爱河，仿佛天生便是一对。

"我的病真的会好吗？"夏浅又一次不确定地问道，笑容收敛，面带忧郁。

黑无常拍着胸脯保证："肯定会的！"

"可医生……"夏浅欲言又止，最终叹了口气。

黑无常捧起夏浅的脸，与她双目对视，一字一句道："你的病，一定会好！"

"嗯，"夏浅重重地点头，"我信你！"

4.

时间快得惊人，一年的光景，转眼便过去。

这一天终于到了，酉时一到，夏浅阳寿便尽。

当天晚饭后，她心脏病突发，痛苦地捂住胸口。几分钟不到，夏浅便陷入了休克，情况急转直下，心电图变为一条水平的直线。

"我知道自己肯定要死啦。"夏浅看着黑无常，眼睛笑得眯成一条缝，"今生太短了，希望来生还能遇到你。"

她把手抬起，触摸黑无常的胸口。

"谢谢。"这是夏浅昏迷前，说的最后两个字。

黑无常吻了吻夏浅的额头，将她安安稳稳地放在床上，先是一笑，然后眼泪不自禁地涌了出来。

医生、护士进了病房，推着夏浅的床，向抢救室奔去。

"来生太远，我不想等。"黑无常喃喃道，"喊，连说话的方式都一模一样，你还是原来的你啊。"

"三天。"

医生出去后，白无常走了进来。他盯着黑无常的眼睛，严肃道："我只能为你争取三天的时间。"

黑无常点了点头，抬手向空中抓去。黑色的袍子凭空出现，被他抓在手中。他将黑袍一抖，披在身上，束魂锁顺臂上缠，藏在宽大的袖子中。

"足够了。"他道，深吸口气，张开了双臂。

随着空气一震，黑无常身周弥漫出黑红色的烟尘。烟尘先是扩散，然后猛地收回，聚拢在黑无常的身体表面。

他微微一笑，冲白无常竖了个大拇指，然后纵身向上跃去，没有任何阻碍地穿过了天花板。

一层、两层、三层，直到医院屋顶，他与无数医生、病人擦肩而过。凡被那黑红色烟尘触碰到的人，都打了个冷战，一瞬间如同被浸入冰水。但即便如此，也仍没有一个人发现他的存在。黑无常此时的状态，仿佛是另一个世界投射来的幻影。

太阳正渐渐落下，绯红色的火烧云间，一轮红日散发着余晖。另一边，则星月齐升，光芒变得越发明亮。再过几小时，黑夜就要降临。

黑无常站在屋顶，双足发力，猛然加速。

与此同时，夏浅被送进了抢救室。

黑无常轻盈地落在青石板上，绕开面前的长队，向前走去。

"咦，黑无常大人，今天怎么有空回来？"小鬼看着远处走来的黑无常，行了一礼。他有些诧异，依照常态，此时临近中元，黑无常应是正忙的时候。

"办正事。"黑无常点了点头算是回礼。他抬头看了一眼酆都的牌匾，径直走了进去，没有丝毫停留。

城中仍如寻常般萧索，黑无常把黑袍的兜帽翻上来，遮挡住半边脸庞，匆匆向城中走去。

入殿，躲过一名又一名鬼差的视线，撬锁。

黑无常的动作行云流水，一气呵成，没有一丝拖沓。

他拉开判官的抽屉，里面是一本簿子和一支不知由何种兽毛制成的银毫毛笔。簿子上书"生死"两个金字，想来便是断人生死、记载祸福的生死簿。

黑无常将其拿出，翻开，寻找着夏浅的生卒，然后提笔。

他画去了夏浅的名字。

夏浅在重症监护室里待了三天，最终活了下来，甚至病情逐渐好转。明明是抢救，并未做过什么大的手术，夏浅胸腔里那颗心脏却越来越强健。

全院的医生都说这是生命的奇迹，只有黑无常与白无常二人才知道，她的命是黑无常救下来的，冒着被发现，乃至于违抗整个地府的风险，强行逆天改命救下来的。

夏浅从重症监护室转出的那天，黑无常带来了鲜花与钻戒。

"嫁给我。"

病床前，黑无常单膝跪地，将那枚戒指掏出。

夏浅愣住，然后甜甜一笑，说："好。"

两千余年，黑无常第一次露出笑容。

5.

不知怎的，黑无常大婚这件事瞬间便传遍了地府。

纸包不住火，尤其是这种八卦，从不曾藏住，总是传得最快，即便黑无常未曾宣扬给任何人。

黑白无常从婚庆公司回到住处的时候，一个佝偻着的身影站在窗前。那身影纤细，却给人以莫名的压迫感。

"孟婆奶奶！"黑无常却是面露喜色，惊喜地出声叫道。

孟婆听到声音，身形微微一震。她缓慢地转过身来，望着黑无常的笑容，微微叹气。

"终于看见你笑了。"孟婆有些恨铁不成钢，又有些心疼地道，"得两千年了吧，自从那件事情发生之后，我就没见你笑过，总是板着脸，仿佛有谁欠了你钱一样。可……这笑容的代价未免也太大了。"

黑无常被孟婆的目光刺痛，停住了向前的脚步。

"怎么了？"白无常问道。

"阎王知道了你们擅改生死簿的事情，派了牛头出来。"孟婆声音低沉，"老身保不住你们，能做的，也就是通风报信了。"

黑白无常都呆住了。

"怎么会……"黑无常一脸难以置信，"我明明做得天衣无缝，怎么会被发现？！"

孟婆走到黑无常的身边，轻轻拍了拍他的肩膀，欲言又止："你们知道得还太少，这个世界上有太多的秘密，隐藏在黑暗深处。有些人，本来就是受到关注的，或许是因为优待，也或许是因为那个人的身上隐藏着不能让别人发现的秘密。"

"而你们却刚好触碰了雷点。"说到这里，孟婆的声音戛然而止，"我已经说得够多了，好自为之吧。"

黑无常愣在那里，整张脸扭曲成一团。他只觉得仿佛有重拳击打在自己的胸膛，压抑得无法呼吸。

"怎么办？"黑无常拉住孟婆，声音颤抖，"怎么办？！"

6.

白无常道："你不是说她是你的女人吗？"

黑无常把脸隐藏在阴影之中，一声不吭。本就一身黑衣的他，仿佛融入其中。他不知道该说什么，原本一切都沿着既定的路线行进，但不知为何，偏偏在一切都将圆满时出了问题。

仿佛是命运的刻意安排。

"她他妈要死了！"白无常面目狰狞地吼道，"你就不想救她？"

"可那是牛头，鬼差中权势最大的一个，你惹得起吗？"黑无常开口道，"不说能不能打得过，即便可以，之后呢？你我能脱离得了地府？你难道想逃一辈子？"

"惹得起？你告诉我什么叫惹得起？"白无常冲上前去，拽住黑无常的领子，把他按在墙上，"老子连命都能豁出去，你他妈和我说你惹不起？！"

"那可是永世不得超生，不是你想的那么简单。面对命运，你我没有选择的余地。"

"你救不救？"白无常死死盯着黑无常，面容狰狞。

黑无常沉默了半天，开口道："或许如常人一般投胎，如常人一般轮回，才是她最好的归宿吧。跟了你我，还要逃亡，或许那并不是她想要的。"

"孽种。"

白无常冷冷道，松开了黑无常，拂袖而去。他步伐坚定，仿佛一把利剑。

天上云层翻滚，很快便遮住了太阳，没多一会儿，雨便要倾盆而下。

黑无常站在阴影之中，望着白无常远去的背影，一言不发。他慢慢从墙边滑下，坐在地上，捂住双颊。

三小时后。

医院之外，电闪雷鸣，狂暴的雷撕碎雨幕，裂开天空。白衣的鬼差伫立在门口，一夫当关，挡住了成千上万的阴魂。

他的身后大门紧闭，这种天气不要说是行人，马路上就连车辆都没有。

门后，一个小小的人影趴在玻璃上，紧张地望着外面。有雾气在她的口鼻处形成，模糊了玻璃，也模糊了她的容颜。紧张的汗水自女孩额头沁出，滴落在地面。

"你要拦我？"牛头眯着的眼睛射出一道凶光。

白无常一句话不说，狠狠将束魂锁一甩，自从成为鬼差，他从未想过，有一天自己重新面对万千敌人时，还有着如此的魄力。

霹雳炸开，照亮了他的面孔，本就雪白的面孔，竟是光芒四射。

牛头狞笑一声，猛地冲了上去。巨大的蹄掌踏在沥青路上，印下碎裂的足印。银锁前冲，却被他用三根手指的手掌卡住，不得寸进。

"白无常，"牛头冷笑，"你还差得多。"

说罢，他猛地一拉。白无常感觉手腕处传来一股无可匹敌的力量，将他生生拉了过去。电光石火间，牛头松开银锁，侧身自腰间抽出一把厚刃的刀，踏前一步。

铁蹄踏在水中，溅起数尺高的水花。伴随着牛头的一声暴吼，那刀从白无常小腹插入，将他穿了个通透。

"你这一次，可算是把两千多年的功劳给清了个干净。"牛头冷声道，"为了一个不相干的女人，白老弟，值吗？"

牛头抽出刀，又狠狠刺入。

血液顺着刀刃流下，混在雨水中，弥散开来，消失无踪。

值吗？白无常不知道。他知道的是，自己如果不拼这一次，就不会再有下次机会了。

命这种东西，不就是为了拼的吗？

刀又一次抽出，这次，牛头没能把刀刺进去，白皙的手指捏住了刀背。

"你！"牛头瞪大了双眼。

"夏浅小姐，"白无常扬声道，"抱歉骗了你这么久。你也见到了，我们并不是人类。但是，我希望你能看在这半载的交情上，再见我弟弟一面。"

他伸手自脖颈上扯断一根红绳，一块玉佩飞跃而出。道道金丝从他的双眸涌出，钻入其中。

"你把这块玉佩给他，他就知道怎么回事了。"白无常道。他腾身一跃，翻了个筋斗，一脚将牛头踢得后退三步。

"走吧。"

语毕，白无常把银锁缠在右臂，沉下身躯。他的气势陡然攀升，只是瞬间，便稳稳压过了牛头。

一朵朵白色的冥花浮现在白无常的脚边，绽放又枯萎，化为流萤，浮空向上。

"你疯了！"牛头大惊失色，把刀架到了胸前，"你抽了一半的修为灌入玉佩，竟然还敢激发禁术，不怕再无进境，永世不得超生吗？！"

"超生？"白无常笑了笑，"我他妈早就够了！"

牛头的膝盖一软，发出一阵骨骼断裂的暴响，群山般的重压投在他的身上，把他压得单膝跪在地上。

白无常的头发无风飞扬，气势冲天。

7.

"小黑，快跑！"

夏浅把玉佩塞入黑无常的手中，然后拽住他的手，拉着他沿着街道逃亡。他们横穿过马路，踏着雨水，磕磕绊绊。

金色的流光从玉佩中涌出，笼罩在黑无常身上，在无光的阴云下格外醒目。

"怎么回事？"黑无常出声问道，停下了前进的步伐。

夏浅被黑无常突然拽停，没能站稳，一个踉跄摔在了地上。

"你哥哥他……你哥哥他……"

夏浅抽噎着，却怎么也说不出后面的那句话。

黑无常松开了夏浅的手，向后退了一步，有些恍惚。他看了看手中仍在向外涌出金光的玉佩，已经想到了什么，却不敢确定。

"我哥哥怎么了？"黑无常问道。

夏浅望着黑无常的眸子，泪流满面。

"我哥哥怎么了？"黑无常又一次开口。

"我哥哥怎么了？！"

黑无常吼道，面目狰狞。

金色的光束流尽了，咔嚓一声，玉佩的表面多了一道裂纹，在黑无常手中暗淡下来。

一千余年。

从道士把玉佩交到兄弟二人手中的那天起，黑无常从未想过，它会在某一天损坏。这玉佩指引他们不断前行，足足一千余年。

黑无常突然冷静了下来。

雷声大作，暴雨下得更盛。水滴落在地面，碎成细碎的水珠，随着空气扬起，变成雾气，朦胧了整条街道。

黑无常伸出手，在夏浅的头上揉了揉，又擦掉了她的眼泪，安慰地一笑。然后从怀中摸出一枚哨子，哨子通体碧玉制成，在水雾中隐隐发光。

　　黑无常深吸一口气，用尽全力，将其吹响。悠扬的哨声划破长空，掩盖了惊雷。

　　一道闪电自云层直落而下，照亮了一切。

　　随着雷声炸响，有狐狸突然出现，它在地上旋转一圈，化成青色衣襟的少年。暴雨倾盆而下，却没有一滴能沾湿他的衣角。

　　"带她走。"黑无常道。

　　狐狸少年点点头。

　　"那你呢？"夏浅听出了端倪，抬头问道，"不走吗？"

　　黑无常摇摇头，洒脱一笑。

　　"当然不走。"他道，"我的哥哥还在这儿，自己走了，岂不是很没义气？"

　　"况且，谁胜谁负，还不一定。"

　　黑无常把拂尘甩开，抽散雨幕，千万朵红色的花在他的面前盛开。

　　"走，杀回去！"

　　他抬脚，愈行愈快，最终沿着花路狂奔！

　　花瓣被掀到空中，燃烧成黑色的火焰，夏浅只觉得温度猛地下降，好似空气都要凝结成冰。

　　"小妹妹，让一下。"沙哑的嗓音在夏浅耳边响起。

　　她回头，无数幽魂妖精从巷子拥出。

　　百鬼夜行！

8.

牛头永远也忘不了这一天。

那个黑袍男人，拔出了一把他从未见过的刀，从天而降。

黑无常不断地前冲，黑红色的烟尘随着黑无常的身形灼烧着，烫得地上的沥青都变得柔软。他劈下一刀又一刀，直到斩碎牛头手中的厚刃砍刀，直到肃清整条街，才停下。

牛头捂着胸口，目眦欲裂。

"你知道吗？"黑无常把长刀的刀尖抵在牛头的下颌，冷声道，"我原以为在命运的操控下，任何事都无从选择。我因此而畏惧你，即便我的真实战力要超过哥哥不少，即便你捕杀任务的目标是我最爱的女人，我也不敢反抗。"

"但我错了。"

黑红色的烟雾渐渐收回，附在黑无常身上。他的身躯飘浮起来，变得略微透明。

牛头下意识地张大了嘴，一脸震惊："你居然……还想要回到地府？！"

"当然。"黑无常笑笑，手腕一翻，长刀在瞬间变成烫金的颜色，"不回到地府，我怎么复仇？又怎么取回夏浅身上被取走的那部分灵魂？"

牛头愕然，他万万没想到，黑无常竟然发现了夏浅身上所发生的事情。

"孟婆奶奶说得对，我们知道得还太少。比如我始终不知道，你们当初为何要把雨儿那样人畜无害的灵魂，划归为恶灵。"黑无常伸出一根手指，嘲讽地一笑，"还不仅仅划了她一人。"

"我也还不知道，你们获取这些所谓恶灵的一部分灵魂，是为了什么。"黑无常抬臂，将长刀提起，"不过没关系，我不需要知道。"

"你们想做什么，皆尽破坏就好了！"

"在命运面前，其实是有的选择的。"黑无常纵身一跃，长刀劈开云层。一道金色的光，随着刀刃狂飙而起。

他身形闪现，出现在地府的虚空之上。

"比如，我可以选择奔赴死亡！"

那道光，径直落在了刻有"酆都"二字的牌匾之上，将其斩成两段！

地府沸腾了。

黑无常这一刀不仅仅是劈开牌匾那么简单，更相当于劈开了整个地府的尊严。

无数小鬼从地府的各个角落拥出，在鬼差的指挥下攻击黑无常。

黑无常长刀一横，双手持握刀把儿，面对拥上前来的小鬼，发出一声怒吼。他沉下肩，猛地一刀斩下。

红色和金色夹杂在一起，冲散一切。黑无常一脚踹开酆都的城门，拖刀前行。

"小姐！马面判官都不是他的一合之敌，您倒是出手啊！"小鬼在孟婆身边焦急叫道，"再这么下去，秦广殿就要被他拆了！"

"拆便拆了，又能如何？"孟婆看着黑无常的背影，轻声说道，"他很好，超出我想象的好，让我想起一个人，一个我遗忘了很久的人。"

"我记不清那个人的样貌，记不清那个人做过的每一件事，但我记得这股气势，与黑无常截然不同，却又在意境上极其相像。"

孟婆站起身来，双手向外："这股向死而生、一往无前的气势！"

两道清气自孟婆手中喷涌而出，凝集在一起，化为气旋。随着孟婆的一声清喝，气旋猛然爆破开来，向城中推进。然后化为一道无形的城墙，阻隔了所有驰援的小鬼。

黑无常微微一怔，却没有回头。他猛然加速，向着秦广殿冲去。

他扬起长刀，这次，面前再无障碍。

9.

"夏小姐，你还是吃一点饭吧。这么折磨自己，又是何苦呢？"青狐看着夏浅郁郁寡欢的样子，不自禁地叹了口气。

　　夏浅则是一句话都不说，面容不悲不喜。她持续现在这种状态已经三天了，这三天来，青狐一次又一次地劝她，她虽然听在心里，却没有一丝想要行动的欲望。

　　"夏小姐，恕我直言，他们可能真的回不来了。"青狐斟酌再三，终于还是说道，"尽管他们是我的恩人，我也希望他们能够成功，但地府不是那么好闯的。无论是牛头马面，还是那十殿阎王，从战力来说，都不会弱于小黑哥。若是他们真的回不来，你这样，不是白费了他们的牺牲吗？"

　　"他们会回来的。"夏浅摇了摇头，目光里透着一股子坚定。

　　"夏小姐，你……唉。"

　　"他们一定会回来！"

　　夏浅紧紧攥着拳头，把骨节握得发白。

　　砰、砰、砰。粗暴的踢门声响起。

　　青狐一惊，急忙起身，从腰间抽出匕首。他浑身的肌肉紧绷起来，青光自刀尖微微绽放。

　　一个熟悉的声音在门外响起。

　　"妈的，赶紧给老子开门，老白这傻×太重了。"

　　你一定不能懦弱，世界虽大，但你放弃了，就不会再有容身之处。所拥有的一切，你一定要用命去保护。

无常店
WU CHANG DIAN

❸ 命师

当你真正下定决心的时候，
心上的那把刀，
就是刺穿敌人最好的武器。

它蕴含着你的一切意志，也将倾泻你所遭遇的全部不公。

1.

地球上的智慧生物，并非只有人类。在常人无法触及的隐秘角落，有着更多神奇的生命，聚集成有序的社会。他们如平常人一般在世界上活动，有着自己的社会秩序。

仙、妖、鬼，九街就是这么一个地方。

白天，它是人类社会中最普通的街道；入夜，它便又成为世界阴面的集市。数十种族、数千不同的个体生存在这里，营造出一个新的体系。

在这条街的尽头，新开了一家铺子。牌匾高悬，上书二字：

无常。

一如千年之前。

2.

　　黑无常手中拿着本书，百无聊赖地坐在藤椅上，几束阳光穿过窗子洒到他的身上。藤椅边上置着一壶普洱，泛着热气。

　　他抬手提壶，倒出一杯茶。金黄色的茶水打着漩儿，冒着腾腾热气。

　　敲门声响起。

　　黑无常疑惑地抬头。或许是因为地段偏僻，也或许是因为店铺新开，在九街的环境下，人们很难信任新来的居民，除了夏浅、老白几个自己人之外，自开业到现在这一周，还一直没有顾客登门。此时遇到有人敲门，还算是第一次。

　　黑无常放下送到嘴边的茶杯，站了起来，冲着门口微微倾身。

　　"下午好。"黑无常露出有些僵硬的微笑，"打尖还是住店啊？"

　　"这店倒是古色古香。"

　　男人有着与年纪不符的扎眼白发，一身西装，打着领带，戴着一副金丝眼镜。他的皮鞋擦得锃亮，仿佛镜面一般。男人没回答黑无常的问题，而是直接走了进来，从桌边抽出一把椅子，坐了下去。

　　黑无常饶有兴趣地打量着男人。他在男人身上看不出一丝法力的痕迹，但黑无常的直觉告诉他，这个男人与普通人之间存在着很大的不同。至于不同是什么，黑无常却无论如何也看不出来，这让他略有些诧异。

双方沉默了一会儿，男人率先开口。

"黑无常。"他神态笃定，明显是确认过的。

黑无常一震，身躯猛然紧绷，黑红色的烟雾在他右手边弥漫开来。他目光转冷，死死盯着男人的脸，低声道："你是谁，怎么知道我在这里的？"

男人道："无常大人不要误会，我知道您最近有些麻烦，但我毫无恶意。只是有事相求，以前又和大人没有任何交情，才来此处拜访。"

黑无常闻言，稍稍放松了些，挑了挑眉毛："你求我的事情若是和无常的工作有关，还是请回吧，我已经辞职了。"

"辞职了？"男人微微愕然，又笑笑，"辞职了好啊，辞职了好啊，那我就称呼您黑先生吧。既然您已经辞职了，我要求的事情，当然不会和无常这个职业有关。否则，上天也就不会指引我来到这里了。"

"黑先生，我有个故事。"男人声音低沉，"你要不要听？"

"没兴趣，不听。"

"喀喀喀……"男人被自己的口水呛到了。

"我有壶酒，你要不要喝？自酿的。"黑无常起身，从吧台后面拿出一个瓷瓶，晃了晃，"黑先生专供，不贵，八千八。"

"您还真是……和传言中不太一样。"男人有些咬牙切齿。

黑无常倒是完全不在乎一般，他把瓷瓶摆在桌上，道："毕竟现在没有月俸了，自负盈亏，总得找点什么赚钱的路子。开门迎客做不了，帮人办事，总得收点好处吧。再说了，我这酒，你喝了可是完全不亏。"

男人死死盯着黑无常，黑无常也死死盯回去。隔了好久，男人咬牙道："没带现金。"

"可以刷卡。"黑无常耸肩，指了指POS机。

3.

罗娑是个孤儿，从有记忆起，父母就不在了。与黑白无常的经历极其相似，罗娑从小也有个师父，也同样被师父带大。

而不同的是，他的师父是一名算命师。

算命师，一种据说早已失传的职业。他们有着类似卜卦的能力，运用方法却截然不同。他们算的是人，也是天，有才能的算命师，甚至能算出国运。在古代，这样的人才通常都是皇帝身边的红人。

然而时过境迁，到了现代，没有皇帝这样的人物养着，社会上又充斥着愈来愈多的江湖骗子，败坏了算命师的名声。本就难出成就的这一行当，算是渐渐没落了。

但也并不是没有，比如黑无常眼前的罗娑。

"你是算命师，那岂不是能够预知未来？"黑无常有些惊讶，插嘴道，"既然如此，能不能帮我算一算明天的双色球？成功的话，酒钱就免了。"

罗娑怒目而视。

黑无常尴尬地摆手："我开玩笑的，你继续说。"

算命师，世代单传。罗娑也不知道这个职业除了自己和师父外，还有没有其他人在做。唯一能确定的是，天桥下面那些神神道道的老头都是骗子。

说这话的时候，罗娑一脸不屑，随即又化为苦笑。

"可我却有些羡慕那些江湖骗子，虽然生活不够体面，却也能安稳地过一辈子。"

匹夫无罪，怀璧其罪。拥有算命的能力，就是罗娑师徒二人最大的罪。这个世界上想知道自己命运的人太多了，想逆天改命的人也太多了。被贪婪控制的人，充斥着世间的每个角落，他们如同蛀虫，想尽一切办法欲将利益攥在手中。

但算命师，却寥寥无几。

"命也不是随便算的。"罗娑道，"每算一次，便会削减阳寿，具体数字，与所得之物的重要性成正比。类似你刚才说的彩票，若是随便就能算，我怎么可能落到现在这般田地。你曾是鬼差，自然知道算命是触犯天道的擦边球。这个世界上没有白吃的午餐，你若想得，那么必然有失。"

黑无常点头，表示赞同。

"三十天前，师父算了自己剩余的阳寿。"罗娑面带痛苦道。

4.

这年夏天，比每年都要更热一些。烈日挂在天上，炙烤着大地。罗娑如往常一样上班下班，开着车从那座天桥下经过。

驶过半程时，他意外地发现，那些他所鄙视的江湖骗子，都不见了。

其实与常态不同的地方还有很多：比如他从小就常去的少年宫被拆除；比如路边的住宅区正着火，冒着黑烟，数辆消防车鸣着警笛从另一条街赶来。

但这些他都没有看到，他唯独注意到了那些他平时不屑一顾的骗子。

仿佛冥冥之中自有天意。

车辆穿过半个街区，停在一处有些破旧的四合院前。罗娑从车上下来，掏出钥匙，开了自家的门。

妻子从厨房出来，身上还围着围裙。她接过他的包和刚脱下的衣服，轻轻拥抱了一下罗娑。

"师父又不在？"罗娑问道，心中有一丝不安。

妻子点了点头。

直到吃饭前，师父才回家。罗娑询问他去干了什么，他也不答。

那天老人吃饭格外地快，似乎是没什么胃口，不到五分钟，便放下了筷子。

"孩子，吃完饭来书房一趟。"老人从桌边起身，"我有事情要交代给你。"

罗娑和妻子对视一下，都有些丈二和尚摸不着头脑。老人一辈子笑呵呵的，从来没这么严肃过，今天却不知怎么，整顿饭一句话不说，脸色阴沉得仿佛要滴出水来。

罗娑在压抑的气氛中匆匆吃完了晚饭。

老人把遗书和一个存折交到罗娑手中时，罗娑才知道，在这几个月中，自己的师父消耗了大量的生命，算了许多不该算的事情。

据师父说，请他算命的，是一个由不得他拒绝的人。那人不知从哪儿听说了算命师的传说，动了以此发财的心思。他派人寻遍全城，甚至连天桥下的江湖骗子都逐一抓走去问。

也不知道用了什么办法，他终究还是找到了罗娑的师父。即便罗娑一家从来不曾张扬过此事，但天下总归没有不透风的墙。

作为算命的报酬，老人交给罗娑的存折中，有五千万。

"活到现在也快到了耄耋之年，相比古代时那些前辈，已经不亏了。更何况还得到了不算低的报酬。"老人坐在藤椅上，叹了口气，"只是算了一辈子的命，没想到到了晚年，却没算出自己的命，中了别人下的套。也不知道是不是上天给我的报应。"

"师父，您不该替他们算的。"罗娑哀叹道，"很久以前您不就和我说过，算命只为了行善，而从不为牟利吗？为什么又要因此赔上自己的命呢？"

老人盯着天花板沉默了很久，才开口轻声道：

"孩子，你不懂，身不由己啊。有很多事情不是想了就能遂愿。"

"弟子确实不懂。"罗娑道，"什么叫作身不由己？我们虽然没有强大的势力，但惹不起难道还躲不起吗？"

老人没回答罗娑的疑问，只是又深深地叹了口气。他说："拿酒来，咱爷俩今天醉个痛快。"

罗娑的妻子放下睡着的婴儿，从地窖里拿出了老人几年前亲手酿制的梅子酒。

老人开了坛，嗅了嗅酒香，享受地笑笑。他把酒倒入杯中，递给罗娑。

酒一杯接着一杯下肚，一两、五两、一斤，很快一坛酒就下去了一半。师徒二人也已酩酊大醉。

罗娑一口气将一杯酒灌入口中。他酒劲上头，站起身，把酒杯摔到地上。碎瓷片飞起，划伤了他的脸颊。血液滴落下来，与酒水混在一起。

"师父，他们欺人太甚，欺人太甚啊！"罗娑全身都在颤抖，"有权有势了不起吗？！"

老人也站起了身，他的腰杆子挺得笔直，仿佛一把利剑，能刺穿房顶。他大步流星地走向书架，从笔筒中取出一支湖笔。

"孩子，我这一辈子，浑浑噩噩就过去了，没做成什么大事，也没什么能留给你的。"老人中气十足道，"既然临终了，就送你幅字吧。"

说罢，他将手指沾湿，冲着砚台一甩，拿过墨锭，用力磨开，画出一抹漆色。

"取宣纸！"老人扬声。

罗娑双手颤抖着取来宣纸，将其放在梨木桌上，展平。

老人低喝一声，凝气、沉腕，毛笔挥洒。毫尖触及纸面，墨迹深深透入其中。一杆紫毫如泰山般稳，留下锋芒毕露却不失隽秀内涵的痕影。

忍！

罗娑看去，那字直入目里，一瞬间，竟觉得双眸都隐隐刺痛。

老人放下笔，坐回藤椅，合上双眼。他的呼吸越来越慢，最后归于沉寂。

5.

找师父算命的人，绰号叫太子，是个金融天才。他年纪轻轻，便已拥有亿万家财，据说出手投资的每个项目，都能得到不止一倍的收益。

师父的葬礼上，那个西装革履、英气逼人的男人也来了。他先是在师父的遗像前拜了三拜，上了一炷香，然后找到了罗娑，站在他的面前。

罗娑与太子对视的那一瞬间，出了一身冷汗。太子眼神太过锋利，如一匹独狼，瞬间击碎了罗娑的心理防御。

"你是李宏秋的徒弟？"太子开口问道，"听他和我说过很多次了，果然一表人才。"

他明明比罗娑还矮一头，但罗娑却感觉自己受到了俯视。这种感觉让他很难受，尤其是配上太子的眼神，甚至，罗娑想硬气一点，都硬不起来。

"你的师父很厉害，帮了我很多忙，我一直挺佩服他的，只可惜走得太早了，我们之间的协议还没完全达成。"太子摇了摇头，语气却没有一丝惋惜，"你帮我算两卦吧，我会给你相应的报酬。"

"不算。"罗娑生硬地拒绝。

太子似乎没料到自己会遭到拒绝，眼神中透出细微的讶异，然后摇了摇头。

"你会算的。"太子的嘴角扬起残忍的微笑。

当天晚上，罗娑一如既往地等待着妻子买完菜回家，但久久没能等到。他换好衣服准备出门寻找时，家里的电话突然响起。电话接通，太子的声音自其中传出，一瞬间，罗娑的心猛然一沉。

"我说你会算的。"太子笑着，重复了几小时前说过的话。

身不由己。

罗娑突然明白了这四个字的意思。他不知道师父究竟受过什么威胁，但他能想象得到，那个一身傲骨的老人，也曾如他现在一般无助。

若不是窥探命数的同时也会消耗自己的生命，太子给他的条件，其实不能说不好。安安全全地将妻子送回来的同时，金钱、社会地位也一样不会亏他。

但荣华富贵再多，没命享受又能如何？

师父在为其算命的时候，并未告诉太子这会折损阳寿。大概他也知道，即便说了也免不了受到威胁。

用自己的命去换妻子的命，这是不对等的交易，但罗娑还是同意了。他说："只要你放了她，想算什么，我都给你算。"

太子还算守约，第二天清晨便放了罗娑的妻子。他丝毫不担心罗娑会违约，到了他的高度之后，很多事情都变得简单，即便是这次绑架，也只是为了让罗娑知道自己有如此的能力而已。

再绑架一次类似罗娑妻子这样的普通人，对他而言易如反掌。

但罗娑万万没想到，妻子会自杀。

她从太子那里出来之后，没有回家，而是去了市里最高的那座电视塔，径直跃下，放弃了自己的生命。

"是我害了她。"罗娑捂着脸，泪水顺着指缝涌出。这个即便面对黑无常都丝毫不怵的男人，此时却哭得像个孩子。

罗娑知道消息的时候，他的妻子已经躺在了冰冷的太平间里。她抱了必死的决心，那座电视塔实在太高，以至于她在落地的瞬间，就已经确定救不回来了。

"她知道我是在用命去换，她不愿意连累我，于是出此下策。"罗娑叹了口气，从衣袋里掏出盒烟，抽出一根将其点燃，狠狠地吸了一口。

罗娑安葬了妻子，一月之内，身旁最亲近的两个人，都离他而去。他在精神几乎崩溃时，却又一次接到了太子的电话。

仍是相同的套路，只不过这次被拿来威胁的，变成了罗娑的儿子。

"我跟他说，他想要的一切，我都可以给他。"即便事情已经结束，说到这里时，罗娑仍是双目赤红，咬牙切齿。

"就看他有没有命来拿了。"

仇恨与痛苦的气息自罗娑身上散出，在空气中蔓延。原本在二楼趴着睡觉的小狐狸感受到一丝危险，猛地惊醒，一跃而起。它浑身毛发倒竖，谨慎地盯着罗娑。

6.

忍。

罗娑想起师父留给他的那幅字，那是心字头上一把刀，那是师父奉行了数十年的东西。很多事情他都忍下来了，为了更重要的东西，甚至赔上了自己的命。

但还有很多东西不能忍。

罗娑挂了太子的电话，站在灵堂里，看着师父的照片，不禁想哭。

曾经鲜活的人，永久留在了相框之中。他不再能哭，不再能笑，不再能对罗娑讲那些使其厌烦的大道理，而是仅仅定格在那一瞬间，再也不能延续。

罗娑摸遍了全身，也没能找到烟。他苦笑着摇了摇头，坐在师父的照片前。

"人这一生，总共就那么几样财富。为了保全其中更重要的那个，就要舍弃稍差一点的那个，这是您告诉我的道理。您曾经说过，这是数代祖师爷传下来的。

"但我发现其中有个错误——若是所有稍差一点的财富都被夺走后，那些贪婪的人还想要下一个，怎么办？"

"其实没有更重要的那个，所有的一切，都很重要啊，师父。"罗娑叹了口气，"无论是我的命，还是您的命，或是其他什么东西，都一样重要。即便要舍弃什么，也应该是为了得到，而不是为了保全。"

"因为从你退后的第一步起，你每退一步，你的敌人就会向前逼近一步。直到你无路可走，站到悬崖的边缘。"

"师父，您错了。"罗娑自语，"忍不是妥协。"

他站了起来，狠狠地攥紧了拳头，似是给自己打气般地重复道："您错了，师父！"

当你真正下定决心的时候，心上的那把刀，就是刺穿敌人最好的武器。它蕴含着你的一切意志，也将倾泻你所遭遇的全部不公。

黑无常坐正了身子。这一瞬间，他能清晰地感受到面前这个男人狂傲的气势。这气势磅礴恢宏，像是杀伐果断的君王，拔出了裁决敌人的剑。

"谁说算命师杀不了人？"罗娑笑道，"我刚才说了，舍弃，应当为了得到。作为一名算命师，只要我不怕失去，这天下，没什么我不能得到的。我只恨领悟得太晚，负了我的妻。"

　　罗婆打理好妻子的后事后，主动联系了太子，为他算了一卦，具体地帮助其规划了发展的道路。

　　就连太子自己都有些吃惊，前段时间还表现得异常硬气的罗婆，为何突然转性。他绞尽脑汁，最终也没找到原因，只得当成是罗婆自己在仅剩一位亲人后，终于知道了识相。

　　最初几次小心翼翼后，大笔财富涌入太子的腰包。他凭借着罗婆的能力，在股价最低时，收购了几家前景极好的公司，赚得盆满钵满。

　　见罗婆还算忠心后，太子倒也放心把事情交到他手里安排了。

　　那是个阳光明媚的日子。

　　罗婆很早就起了床，他走进浴室，细致地将身子擦洗干净。然后刮了胡子，戴上婚戒，穿上结婚时穿的西服，走到灵堂，给妻子与师父各上了三炷香。

　　罗婆立于灵堂，合上双眼，久久不语，似是在祈求什么，又似是在计划什么。待香已燃过半程时，他才终于睁开了眼睛。

　　阳光穿过窗子，洒在室内的地板上。亮斑反射着光芒，照在罗婆身上，带给他一丝温暖。

　　在卧室里的孩子似乎也感应到了什么，他的大眼睛一眨一眨，完全不似平常般哭闹。罗婆先做了妻子最爱吃的皮蛋瘦肉粥，自己吃饱，然后又给孩子冲了奶粉，喂食、哄他睡着。

　　一切都做完后，罗婆走向了书房。那是整间屋子的"眼"，布置了很多阵法，师父每次算命，都要在那里进行。

　　罗婆站定，点燃一支香烟，深深地吸了一口，尼古丁在他的肺脏间流转，身体里的所有郁气混着烟雾排出。

烟头落在地上，被罗娑一脚踩灭。

然后，他浑身紧绷，出手。

四寸高的卦筒在罗娑的手中翻转，留下道道残影。一支又一支玉石卦签从竹筒中飞出，旋转，带着狂暴的劲道生生插入梨木台面，仿佛判官断案的令牌，又仿佛战士手中能斩开一切的长剑。

全封闭的空间，却突然产生了道道气旋。它们不断地穿梭流转，发出呼啸声。书房中的书被风吹得打开，书页不断翻动，发出唰啦啦的声响。

卦签的顶端开始闪烁着暖黄色的微光，时隐时现，如同夏日星辰。

罗娑左手捏诀，右手则屈指探出，弹动卦签。每支卦签仿佛都牵动着一根无形的琴弦，手指接触时，竟然发出了似古筝音色的不同声调。

随着弹动的速度愈来愈快，卦签通体变成金色，震颤起来。梨木台面与其接触的位置开始焦黑，丝丝白烟飘出，在罗娑跃动的手指间缠绕。

古筝声音升至最激昂处，所有卦签震颤的频率重合在一起。道道裂痕自卦签与台面接触的地方蔓延出去，如同蛛网，有金色的光在其中明灭。

"开！"罗娑怒吼。

梨木台面大绽光芒，然后，轰然倒塌！

生命的光华从罗娑的身体中流出，如同金色的绸缎，钻入卦签。

罗娑后退了数步，倚在书架边缘，才堪堪站稳。这一瞬间，他仿佛老了数十岁，一头黑发全数化为雪白。

灵魂的振奋却填补了一切空虚。

卦签的光芒散去，渐渐转冷。在罗娑的注视下，一支又一支碎裂，化为齑粉，在空气中飘散无踪。

这筒传承了不知几千年的卦签，终于寿终正寝，完成了它们的使命。

罗娑看着周围的一切，脸上的笑容越来越盛，最后不禁大笑起来。他笑得前仰后合，眼泪却不断地涌出，直至满面。

罗娑算出了太子的命运。他的每一步动作、每一个想法，罗娑都了然于胸。

接下来，稍微拨动进程，将其篡改就好了。

算命师，算的是人，也是天。

7.

罗娑复仇的手法极其巧妙，几乎可以说是神乎其神。在此之前，即便是他自己也没想过算命竟然还可以以这种方式运用。

从古至今，算命师这一职业传承了多久，罗娑不知道。但他能肯定，与无数前辈相比，自己的能力绝不是最强的，甚至连一流都算不上。

但他同时也能确定，直到师父那一代为止，过去的全部算命师，一定不曾知道什么叫现代科学。更不会知道什么是蝴蝶效应。

太子在命运线中的任何行为，都被罗娑所知，他需要做的，便是稍稍调整其中的关节，让其按照自己想要的方向进行下去，引发连锁效应。

被命运所抛弃的那一瞬间，就注定了太子灭亡的结局。

而罗娑，便是命运。

"老板，您的电话。"太子身边的助理将手机递到他的面前。

太子有些意外，微微挑了挑眉毛。他的私人号码很少有人知道，知道的那几人，现在这个时候按理也不会联系他。

他接过手机，有些疑惑地开口："您好，哪位？"

无人应答。

太子皱起眉头，又一次问出声，电话的另一端却仍然没有声音。待他第三次开口时，对方却已经挂了电话。

"或许是打错了？"太子把手机重新交给身边的助理，揉了揉太阳穴。

助理拉开劳斯莱斯的车门，太子坐了进去，吩咐司机开车。今天是大喜的日子，他依靠罗娑的卜卦，在股市上翻手为云覆手为雨，此时正值收官。但刚刚的那通电话，使他隐隐感到有些心悸。

就仿佛是被什么凶兽盯住了行踪，如芒刺在背。

本不该存在的这通电话，使时间与原本应该发生的命运相差了十秒。

十秒很短。短到只够说出一句话，短到只能写出十个汉字，短到平均心跳十下，短到奔跑速度最快的人也只能跑一百米。

十秒也很长。长到地球可以绕太阳转二百九十八公里，长到光可以穿越三百万公里的空间，长到，足以让生命流逝到终点。

劳斯莱斯从别墅开出，转上马路。周一上午，无数车辆堵在路上。

前方出了车祸，红灯转换为绿灯，车辆的长龙却始终分毫不进。太子看了看表，有些着急，却也无可奈何，只能嘱咐司机，在通畅处开得再快一些。

终于，在喇叭的鸣响中，劳斯莱斯前面的车辆开始逐一通过路口。司机换了挡，踩下油门，紧紧跟住前方的车。

十秒的差距，本应正好通过绿灯的劳斯莱斯晚了一步，跟了黄灯的尾巴。另一方向的车辆开始行进时，劳斯莱斯才刚刚通过半程。

司机有些焦急，把油门踩得更重了一些，双手则迅速地转动方向盘。从车技的角度来说，他确实是一把好手。劳斯莱斯滑过一道弧线，超过正前方的车辆，几乎紧贴着横向驶来的公交车的车头而过。

公交车司机看着面前的豪车，怒骂一句，下意识踩了刹车。与此同时，却感受到车身猛地一震。乘客们发出尖叫声，抓着扶手站立的人，纷纷摔倒。

是追尾。

一辆水泥罐车猛地转向，避开追尾在公交车后的银色奥迪，在柏油路上留下一道长长的黑色痕迹。刺鼻的烧胎烟雾产生、弥漫，随风扬起。

而此时，劳斯莱斯即将穿过路口。

太子望着升腾的白烟，皱了皱眉头，将车窗关紧。随风前行的白烟没能进入车内，反而被车辆行驶的气流卷动，升得更高，飘向劳斯莱斯的另一侧。

接着，正好迷了一辆货车的司机的眼睛。

司机下意识抬手，货车的方向向着逆行线偏移失控，眼看就要撞上公交车的车头。司机大惊失色，急忙踩下刹车，用力地转动方向盘。

大货车成功地躲开了公交车，但在惯性的作用下，一侧的轮胎离开了地面。

"躲开啊！！"司机按着喇叭，疯狂吼道。眼前的劳斯莱斯却是汇入车流，开始减速。

货车侧翻，货厢凶狠地拍在劳斯莱斯的车顶，将后半截车厢压成了铁饼。

一切发生在电光石火之间，复杂却又极其简单。货车司机满脸是血地爬出驾驶位，愣了一愣，掏出手机，拨通了急救中心的号码。

太子死了。

其他人都存活了下来，只有他一个死了，在车祸发生的一瞬间，被挤成肉泥。

罗娑放下望远镜，长叹口气，坐了下来。他能清楚地感受到自己的生命仍在不断流逝，即便一切都已结束。这一次施术的消耗，超越了他从小到大的任何一次。也正因此，大概不多时后，他便要走到生命尽头了。

救护车的鸣笛声自远处响起，街道上尽是嘈杂。

"你又怎么会懂呢？"罗娑仿佛看着云起云落，日光穿梭，摇了摇头，"即便是你这种人的生命，我若想夺走，也要用自己的命去换。"

"即便是你这种渣滓，生命也如此宝贵。

"上天懂，我懂，这个世界上的无数生命都懂，而你不懂。"

8.

"我要死了。"

罗娑满面春风，一点畏惧的神色都没有，仿佛只是要去旅行。

"你不怕？"黑无常有些诧异。

"死有什么可怕的呢，你们都是鬼差，不也过得好好的？"罗娑笑，"唯一让我担心的，就是我的儿子。从小便没能给他完整的家庭。"

说着，罗娑笑容微敛，叹了口气。

"你之前不是还对我如何找到你有所疑问，"罗娑道，"其实是我算出来的。我最后算了两卦，其中一卦算出的便是这家无常之店，命运告诉我，这里就是我遗子的安身之处。"

"我求你，"罗娑从椅子上起身，"照顾我的儿子。"

他猛地下跪，双膝接触地面，发出砰的声响。

黑无常一怔，急忙起身去扶，却没想到罗娑那并不坚实的身体，此刻竟爆发出了强大的力量。不施展法力的情况下，黑无常单凭肉体力量，发力数次，都没能将他扶起。

"求你。"罗娑又重复道。

"你先起来。"黑无常体内灵气运转，将罗娑托起，叹了口气，"我也没说不帮，男儿膝下有黄金，你这又是何必呢？"

他转身喊道："青狐，把孩子带来。"

青狐闻声点了点头，从二楼跃下，自柜台旁边叼起一个篮子。他弹跃几次，在店门口猛然加速，化为一道青影。

罗娑微微愣了一下，他明明记得自己没说过孩子在哪儿，那只小狐狸却丝毫没表现出疑问，就这么直接冲了出去。

"不用担心。"黑无常看到罗娑的表情，知道他心中所想，开口安慰道，"别看青狐貌不惊人，其实实力很强。他知道去哪儿能找到你的儿子，这件事即便不用嘱咐，他也能办好。"

罗娑这才反应过来，自己面前的人可是黑无常，本身就是实力极强的鬼差，身边的人也自然不会差到哪儿去。如此一来，即使做出什么反常态的事情，便也不足为怪了。

只是几分钟，青狐便又叼着篮子回来，篮子里多了个几个月大小的孩子。他一路上速度快得惊人，篮子却没有一丝多余的摇晃。直到停下来时，孩子才睡眼蒙眬地醒来。

"厉害啊。"罗娑摇摇头，笑道，"我要是有这一手法力，也就不用忍气吞声了。"

他作了个揖，掏出一个存折，又扯下脖子上挂的玉佩，塞入襁褓。

"密码夹在存折里了，里面是我的全部积蓄。其中一半给你当作酬劳，另一半，则是为孩子准备的生活费。"

"不要拒绝。"黑无常刚要开口，罗婆又补充道，把黑无常的话堵了回去，"除此之外，还有一样东西，算是我对你的感谢。"

"最后算的那两卦中的另一卦，我失败了。"罗婆道，"那一切都被云雾遮挡，太过扑朔迷离，我无法看清。这是我一生中唯一一次失败，也因此毁了根基。"

"我算的是你。"

黑无常愣住了。

罗婆接着道："我本想算出你最需要的东西，将其取来以报答你，却没能做到。不过好在，还算是有点收获。"

"你想要的那个东西，它在墙后。"罗婆严肃道，"这就是我获得的全部信息。"

黑无常变了脸色，有些焦急地问道："墙是什么？"

"我也不知道。"罗婆摇摇头，"不过若是不出错，最近几天，你就能见到了。"

黑无常叹了口气，从地府叛逃出来后的这段时间，他表面虽显得平静，到底还是有些心急。他也深知自己不可能轻易如愿，但得知线索时，终究无法控制情绪。

罗婆看到自己的消息果然对黑无常有用，笑了笑，抱起拳头。

"我的故事讲完了，那么，告辞？"

黑无常立定身子，也抱拳。

"谢谢你。"他道，"那么，告辞。"

　　罗娑点了点头，什么也没再说，他转身离开，没有一丝犹豫。躺在篮子里的孩子嘴一撇，哭得撕心裂肺。

　　黑无常走到门口，看着愈行愈远的身影，他能看到那个男人的生命之火正逐渐熄灭，步伐却愈加地稳健。

　　"愿你永安。"

　　黑无常轻声道，合上了门。

　　"宝宝不哭。"黑无常抱起孩子，低声安慰。

　　大门又开，白衣男子拎着晚餐从门口进来，看到黑无常哄着孩子，险些把手中的饭菜掉到地上。

　　"这……谁家孩子啊？"白无常有些发愣，出声问道，"夏浅呢？"

　　"夏浅去招厨子了，开客栈总不能没有厨子。"黑无常抚了抚孩子的后背，轻轻道，"至于他，是命运的儿子。"

　　窗外夕阳低垂。

　　"要入夜了。"

④ 青莲

他跃出海面，

黑色的皮肤在阳光下泛着光芒，

然后坠入水中。

水花溅射，

如同一朵巨大的青莲。

1.

"夏浅怎么还不回来？这菜都凉了。"白无常百无聊赖地靠在椅子上，手中的筷子在指尖打着转。

他望了望盘中的食物，艰难地吞了下口水，抱怨道："招个厨子不至于这么费劲吧，光我回来的这段时间，也起码有半小时了。再这么等下去，怕是天黑都吃不上饭。"

正如白无常所言，巷子里的生人正逐渐减少。

赤色的晚霞给九街添了最后一丝光辉。几分钟后，这里将变成另一番模样。九街的夜对于黑白无常来说当然不算什么。但夏浅毕竟是个普通人，九街的居民，即便是最平凡的小妖，也完全不是她能对付得了的。

但无论是青狐还是老鬼，没有一个回应白无常的抱怨。整个客栈只能听到婴儿的呼吸声，起起伏伏。

黑无常皱着眉头，手指不断敲击着桌面，发出马蹄一样的声音。有些混乱的节奏表现着他心中隐隐的焦虑。隔了一会儿，黑无常深吸口气，突然从椅子上站了起来。

"老白、青狐、老鬼，"他转过身子，对桌旁边的三人道，"你们先吃着，留出两人份的。看好孩子，记得吃完给他喂奶。"

说罢，他大步流星地走到柜台边，从衣架上取下黑色的长袍，披在身上。银锁被他缠在臂上，藏于袖内，微微泛着青色的光芒。

"走了。"黑无常摸了摸胸膛前的玉佩，道，"我找一下小浅，去去就回。"

"我靠，决定下得这么突然！"白无常一愣，"你这未免也太轻率了吧。"

"不是轻率。"黑无常摇头道，"我有种预感，这里的夜有点不对。尽管我也说不好到底是哪里有问题，但如果让她在外面待得太久，保不齐会发生点别的什么事情。"

"别的事情？"白无常双眼睁大了一些，挑了下眉毛。

黑无常点了点头："之前选择安家在这里的时候，我不是告诉过你原因嘛——无论是地府的阴兵，抑或是天庭的天将，都不会到这里来。当时咱们身后有追兵，自然不曾细想，但现在你想一想，这难道不是很奇怪的事情吗？"

白无常皱起了眉头："你是说，这里有什么东西，使他们不敢进来？"

"不排除这种可能。"黑无常道，"据我所知，这条街号称是生人的禁地，一般情况下，只有像你我这样的亡命徒，才会想方设法藏身于此，躲避追捕。之前我以为或许这里藏匿着实力极强的恶妖，不过单是如此，倒也不怵。那个级别的大妖不会对夏浅有兴趣，而咱们若是与其发生冲突，即便打不过，逃总是逃得了的。"

"可咱们在这儿已经待了一周了。虽然还不曾在夜间出去见识传说中的九街鬼市，但通过每夜的嘈杂和隔着窗子都能感受到的繁华来看，这里无论是常住居民抑或流动人口，恐怕都不会少。"黑无常微微眯眼，"你听说过哪些大妖会喜欢这种情况吗？"

白无常想了想，不禁赞同黑无常的看法。来到九街之前，他完全没料到这里会有这么多居民，租下客栈后接触的人，也完全没有亡命徒的感觉，这一切平和的景象都使他降低了警惕。现在仔细想想，确实有很多疑点。

但并非空穴来风，天庭兵将也的确不敢进入街区。若这里真如外界传言得那般凶恶，黑无常的推论也没有问题的话，夏浅怕是真的会有危险。

"我陪你一起去吧。"白无常想到这里，也站起了身，"夏浅没有自保的能力，只有你自己去的情况下，一旦遇到危险，她可能会拖累到你。"

黑无常琢磨了一下，点了点头以示赞同。他不再停留，推开客栈的大门，径直走了出去。

"不准偷吃啊！"白无常拍了下小狐的头，起身拿好衣袍，小跑着追去。

二人的身影愈行愈远，转瞬便消失在夕阳的余晖中。

最后一点太阳沉入地平线之下，刹那间，无数灯笼凭空出现，飘浮在空中，悠悠旋转。

青狐摇身一变，化为青衣少年。他抚了抚身旁婴儿的额头，起身关上了客栈的门。

门外，群生熙攘。

2.

每当入夜，九街都会变一副样子，无数与人类认知相违的生物，都会出现在这里。他们游荡、叫卖，进行着与人类相似的行为，运转着自己的社会体系。

据说数万年以前，诸神相争，战火席卷了世界。无数神祇参与进来，他们力量无穷，举手投足间，即天崩地裂。战争持续了很久，甚至几乎毁灭世界。无上的伟力在人间劈开了几道裂缝，妖鬼仙魔纷纷拥入，建立起许多栖生之地。这些地方往往有着限制，使平常之人不得进入。

久而久之，这些地方聚集了众多妖精、散仙，抑或是有着奇异能力的魂灵、人类。

九街，便是其中之一，名字的由来早已迷失在历史之中——可能因为是第九个被发现的，也或许由某个名号为九的神开辟而出。

最初的九街毫无秩序，这里充斥着杀戮与掠夺。进到这里的生物，只有实力高强者，才能不惧无数恶意，生存下来。即便如此，他们也需要时刻保持着警惕，以避免来自身后的偷袭。"弱肉强食"这四个字在九街表现得淋漓尽致。

不知是什么时候，九街的新住户中出现了一位极致的强者。他厌恶无序，凭借一己之力镇压了整条九街的狂徒。这里逐渐拥有了秩序，外来者变得愈来愈多，最终形成了一片如独立城池般的地域。

九街说是一条街道，其实包括了周边的一整片街区。

夏浅带着聘厨的任务出门，到现在为止，已有几小时了。她身上虽然佩戴着几枚护符，但毕竟只是一个普通的人类，九街上的住户大多不是善类，夏浅又太过单纯，难免会遇到危险。

"寻！"走到九街大概中段的位置，黑无常低喝一声，掌心出现一点荧光。那荧光微微一闪，向着城东飞去。

黑白无常对视一下，腾身而起。

风吹动袍子，发出鸣响。此时的九街已经灯火通明，无数红色的灯笼散发着明亮的光，照亮每一处角落。

九街仿佛一条横贯数里的长龙，低卧在大地之上。嘈杂的叫卖声自黑白无常身下的街道中散发而出，不绝于耳。

每逢夜晚，九街才算真正开街。

不仅仅是九街本身的住户，许多外来者也会来到九街，搜寻自己想要的东西。

有人单纯寻找日用物品，有人妄图寻找长生之术。有人寻找更强的力量，有人寻找遗失的记忆。

所有进入九街的人，或多或少都想要得到些什么。

黑无常看着将圆的月，微微叹了口气，心中有些落寞。再过一天，就是中元之日。往年这段日子，正是他最忙的时候。

他下意识地摸了摸腰间，才想起出逃时，除了身上固有的东西，他什么都没带。

"也不知道新上任的无常，能不能延续我们原本的做法。"黑无常喃喃出声。

"为善很难，相比之下，做恶会容易得多。"白无常飞到黑无常身边，轻声道，"你不能要求其他人有同样的道德准则，毕竟作为鬼差来说，人类的感受，本身就不是我们应该考虑的东西。"

黑无常微微攥紧拳头："可我们曾经也是人类，不是吗？"

"人类？"白无常反问，"你知道有多少人憎恶着人类的身份吗？不计其数！对于你我而言，人间是我们始终不忘的起源，但对更多的其他人，人间反而是他们所期望逃离的地方，你做了千年无常，难道还没看清吗？"

黑无常把拳头松开，低声道："看清了，可是……"

"既然已经远离了，就不要再去想了。"白无常抬起手，拍了拍黑无常的肩膀，安慰道，"这些东西不是你应该承担的，思考也毫无意义。"

"有意义。"

"嗯？"

"我说有意义。"黑无常抬起头，看着天空中已经开始下坠的荧光，声音透着坚定。

"我终归要回到那里。"黑无常道，"我不准备逃避一辈子。师父死的那天，夏浅被牛头马面围在医院的那天，你倒在我面前的那天，我无数次恨自己懦弱，可我仍一次又一次屈服。"

"我始终在想，如果我能不犹豫，如果我能再快一点，如果我手中的刀能决绝、果断，这些是不是就不会发生，或者，即便发生，也会在最差的结果发生前结束。"

黑无常摇了摇头："我问过自己很多次，我始终在彷徨、犹豫，直到我在秦广王殿前拔出刀的那一刻，我才知道答案。"

白无常一愣，不禁问道："是什么？"

"那就是没有答案。不是所有的事都应该为了结果而做，当初率先去救小浅的时候，你不也是如此吗？"黑无常猛地加速，冲向荧光的落点。

"总要有些事，做出来，便不计后果。"

3.

"您擅长什么菜系？"夏浅询问着面前的男人，这是她第六次开口，早在五分钟前她就应该返回客栈，奈何这个男人就那么盯着她，一句话都不说。

九街的居民大多都有点资本，不需要打工也能活得很好，所以应聘者也相对较少。夏浅坐在这里整整一个时辰，也没招到合适的厨子。面前的男人虽然不像善茬，但坐下前耍的一手刀工却堪称顶级，也因此，夏浅才不厌其烦地问了一次又一次。

男人膀大腰圆，皮肤黝黑。一张方脸上，文着几道黑色的刺青。他用手撑着下巴，微微笑着。男人的笑容很阳光，但夏浅却莫名感到一丝不安。

笑面虎，夏浅的脑海中浮现出这三个字。

夏浅被男人盯得心里发毛，又一次出声提醒："天已经黑了，我想问的问题也告诉你了，你要是再不说话我可就走了啊！"

"你是人类？"男人坐直了身体，终于开口。他眯起了眼睛，没回答夏浅的问题。

夏浅一愣，没想到男人会问这个，下意识点了点头。

"普通人类？"男人重复了一遍，"我的意思是，没掌握任何法术？"

夏浅微微皱眉，不知道他什么意思，不过还是又一次点头。

男人从上到下扫视了一番夏浅，嗤笑一声："看你的反应，明显知道什么是法术，也知道这是哪里。没想到普通人类也敢来九街，也不知道你是胆子大，还是神经粗。"

两柄厨刀从男人腰间蹿出，在空中舞了个花，插入夏浅面前的木桌，直至没底。

"你听说过——生人片吗？"男人又一次露出了微笑。

夏浅被刀吓了一跳，站起身来，差点摔倒。

"生人片？"她稳住身体，声音有些发颤，"那是什么？"

"生鱼片总听说过吧。"男人道，"活鱼捕捞，用快刀在鱼尾切口，然后将鱼放入水中。血液溢出，直至流尽。接下来，剥鳞剖骨，削成薄片，生啖而入。"

"生人片，便是改编于此，只不过原料变了一下而已。毕竟论厨艺，这世间还没有任何种族能强于人类。"男人的嘴角露出残忍的笑意，"这就是我最拿手的菜，要不要尝试一下？我会轻轻地割，不会像人类一样粗鲁。你甚至都感觉不到疼痛。"

男人粗糙的手掌拍在桌面，震飞双刀。他双手一探，敲击刀柄。只见双刀微旋、震颤，凶狠地向前突刺。刀刃划开空气，发出尖利的爆鸣。

夏浅早就防备着男人的恶意，此时大惊，急忙后退一步，捏碎了手中的护符。

一抹白光从她的脚下升起，升腾而上，化为带状，分成两半，如蛛丝一般分别缠住了直射而出的厨刀。

男人没想到夏浅身上还有护身的物件，扬了下眉毛。他反手握住刀柄，用力下压。刀刃绽出水蓝色的光辉，仅是瞬间，丝带便在刀下溃散。男人将刀抽出，斩下，刀刃沿一道波纹，直取夏浅。

一抹荧光从空中直坠而下，炸开一片星辰。厨刀旋转着飞向一边，插在地上，微微颤动。

男人刚好在爆炸的中央，受到最大的冲击。他吐出口血，不断后退。

"有意思。"男人站稳，眼中的凶光一闪而逝。

他吐干净嘴里残留的血，运气压下翻腾的灵气，然后平复气息，伸手召回兵器，扬声叫道："出来吧，二位兄台。"

黑无常手执拂尘，穿过仍未散去的灰尘，落在男人面前。

"咦，这个扮相……你们是黑白无常？哈哈哈哈，好啊，好啊！"男人微微一愣，随即笑道，"没想到，堂堂鬼差，竟然会来搭救一介人类。"

"怎么称呼？"黑无常没接他的话茬，冷淡地问道。

"虎鲸。"男人将厨刀在指尖舞了个花，架在胸前。水蓝色的光辉自刀尖喷涌而出，照亮了已经有些昏暗的街。

4.

虎鲸真的是虎鲸，作为世界上最强大的海洋哺乳动物之一，他拥有狂暴的力量与高超的猎食技巧，在绝大多数海域，他都是当之无愧的王者。

杀人鲸，这是人类给他的绰号。尽管他从未杀过任何一个人，但他仍为此绰号而感到自豪。

这是勋章，他这样想着，我是海洋的主人，即便是称霸着世界的人类，也不得不向我表示畏惧。

他如万千族人一般成长，他是族群中最优秀的猎手，是族长的候选者。他是天之骄子，是数百年间唯一在修炼一途有所精进的青年。

虎鲸的种族是虎鲸这种生物的分支，与大多数人所知不同的是，这个世界上并非只有人类才拥有智慧。

地球出现生命的数十亿年间，除却人类，其实还有更多生物在进化中学会了使用工具，乃至发明了语言。如人类由猿进化而成，其他的智慧生命，多数也由动物进化而来。虎、豹、熊、狼，甚至是鲸鱼，都发展出了不亚于人类的智慧。

与现代人类更专注于科技不同，他们更着力于自身能力的提升。在无数年的摸索中，有那么一部分种族掌握了某种方法，借自然的力量增强自身。

于是这部分种族愈加地强盛。

那时，绝大多数人类仍处于蒙昧之中。借自然力量的方法，被称为术。而掌握这种方法的智慧种族，则被称为妖。

其实不单单是妖，即便是人类之中，也有一部分掌握着超越常人的能量，只不过发展得不如其他生物那样完善，在历史的长河中，逐渐遭到淘汰。

虎鲸一族更擅长的是肉体力量，对于自然能量的控制，远不如肢体更加完善的鱼人。也正是因为此，在与数百年前迁徙到其所居海域的鱼人的霸主之战中，虎鲸一族失利败北。他们将最好的猎场拱手相让，自此偏居一隅。

虎鲸一族也从未放弃过夺回地位的想法。

这种执念一方面来自他们的尊严，另一方面，也是因为其他海域的猎场早就被另外的强大种族所占据。若不能保证充足的食物供应，族群只会越来越弱，直至消亡。

只是从古至今的生存模式使虎鲸一族积弱太久。鱼人作为新入住的种族，能力虽然不强，却先天拥有远程攻击的能力。虎鲸一族无数次发动反击，又无数次回撤，虽不至于被打残，但也始终居于劣势地位。

但即便如此，他们仍不断地努力着。

那年的气候尤其反常，前一日还是阳光明媚，第二天就是数百年不曾见过的风暴。压得极低的阴云自远方涌来，蓝紫色的闪电在其中闪烁。

倏忽间，海浪上升。

道道水龙卷升起，把鱼虾带上天空。狂风骤起，席卷浪潮，狠狠地拍打在礁石之上。有些脆弱的礁石甚至因禁不住狂暴的力量而分崩离析。虎鲸一族的族人从未见过眼前这种情况，均以为是海神降怒。他们纷纷沉入水底，躲避海面的风波，祈求着海洋平息。

然而与此同时，却有两只异类，偷偷离开了鲸群。

雌鲸躲在海底的岩石缝隙中，身边是她的配偶。她略痛苦地蜷着身躯，小腹隆起，明显是即将生产。

"海神降怒了。"雌鲸望着头顶透着波光的海面，语气中充满了忧虑，"你还记不记得我为了保胎吃的那颗镇海珠，一定是因为它，才有了现在的结果。"

"不用担心。"雄鲸低声道，"这只是你的猜测而已，究竟是真是假，还是两说。"

"可……如果是真的呢？"雌鲸叹了口气，"如果我们生出了恶魔，怎么办？又或者，族人因此想要杀死它，该怎么办？"

雄鲸沉默。

他向前游去，挡在裂缝的入口，坚定道："即便是恶魔，它也是我的儿子。谁想要他的命，就先杀了我。不要说是长老、族长，就算是海神，又能如何？"

雌鲸望着他的背影，心中突然有了底气，用力点了点头。

风暴持续了整整三天。

虎鲸出生时，波涛翻滚，狂风暴雨中夹杂着惊雷，震慑着整片海域。

海边的山洞中，苍老的虎鲸族长正在闭关。他缓慢地吞吐气息，温润却强势的威压笼罩着他，仿佛护罩。

有噼啪声响突然发出，湿漉漉的墙壁上，猛地爆射出一丝电火。接着，似蛛网般的电弧在水珠上弹跃，越扩越大。虎鲸族长微微皱了皱眉，结了个手印，轻喝一声。

电弧碰触到虎鲸族长的威压，如碰触墙壁般熄灭。然而在其熄灭的同时，另一条电弧，却重新攀了上来。电弧的颜色从淡蓝色逐渐变亮，最后化为金色。

渐渐地，电弧开始不再消失。它们聚集起来，包裹在虎鲸族长的身周，不断释放着能量。

虎鲸族长的眉头越皱越紧，显然不堪重负。他深吸口气，收拢气息，电光也随之压缩，收拢到极限时，他暴吼一声，双拳凶狠地打在包裹着自己的电笼之上，猛然突破开来。

随着一声惊雷炸响，山洞中绽放出耀眼的光芒。电光闪烁间，他被身周暴戾的元素能量所冲击，喷出一口鲜血。

族长睁开双眼，心中震惊，急忙平复气息，自山洞走出。

"怎么回事？"他拉过身旁的卫兵问道。令他讶异的是，平时对他尊敬万分的士兵，却破天荒地没有答复。

那士兵愣愣地望着大海，微张着嘴。

虎鲸族长顺着士兵的视线望去，然后见到了他一生中所追求的东西。

浪潮猛冲上天，聚成半透明的虎鲸，一闪而逝。

"天哪……这是元素幻型……"虎鲸族长喃喃道，一脸的难以置信，"灵态的钥匙！"

他双足发力，弹跃到海中礁石边，鱼跃入水。威压在他身后形成螺旋，推着他向前。虎鲸族长的速度奇快无比，仿佛一羽箭矢，穿梭在水中。在他的面前海水就像是真空，似是没有一丁点阻力。

他把灵觉散发出去，感受着海洋中的气息。在他的视野里，不远处海底的裂缝中的那头小鲸鱼，发散着比太阳还要热烈的光。

海底，雄鲸浑身一震，终于感受到了那股强大的气息。

"有人来了，很强，我不是对手。"雄鲸把雌鲸和幼鲸拦在身后，"这股气息可能是族长，一会儿若是打起来，你就带着孩子快跑。"

话音刚落，一个须发花白的老人破水而来。

雄鲸怒喝一声，长尾向前甩去。波纹四散，庞大的力量挤压着海水，甚至一瞬间清出了一抹真空。海水冻结，化为盾状，挡在裂缝之前。

老人却仿佛看不见一般，猛地冲刺上来。碎裂声响起，冰晶如飞镖般在水中打着漩儿，插入岩石当中，逐渐消融。

破盾！

那盾甚至没能挡住他一秒。

雄鲸的心沉了下来，他绝望地上前，用肉体挡住了老人冲刺的路线。

虎鲸族长身形一闪，未等雄鲸反应过来，就已经闪到了他的身后，直面雌鲸。他看着那只充满着灵力的幼鲸，惊喜地"啊"了一声。

雌鲸小心翼翼地把幼鲸藏在身下，浑身肌肉紧绷起来。她缓缓后退，与虎鲸族长拉开距离。

雄鲸这时终于反应了过来。他回头，沉身凝气，又一次甩出他充满巨力的尾巴，抽向虎鲸族长的后背。

老人头也没回，只是微微一躬身，闪过雄鲸的攻击。他眉头轻皱，在嘴唇间竖起一根手指，道："嘘！"

"不要吓到小家伙。"虎鲸族长把声音放轻，语气平和，却又带着一丝责怪，"我想你们可能是对我有什么误会，我只是来看看这个孩子，并没有什么恶意，你们大可不必像现在这样如临大敌。"

两只虎鲸对视了一下。

面前的老人看起来瘦弱，但若真想动手，他们夫妻两个不是一合之敌不说，恐怕连逃跑的概率都很小。老人却在雄鲸的攻击下始终手下留情，表达出了足够的善意。看来的确是他们神经过敏了。

雄鲸想了一会儿，终于点了点头。他退到一边，雌鲸也随之侧身露出了身下的幼鲸。

老人看到了那只初生的虎鲸，欣慰地长叹口气。他探出略微有些颤抖的手，触摸其身边的海水。那里充满了纯净的能量，于虎鲸族长而言，就仿佛醇香的酒。

"太美了！"老人的脸上充满笑意，他回头，问道，"起名字了吗？"

雄鲸摇摇头。

"那就叫他虎鲸吧，以族名命名。"族长抬起头来，看着虎鲸的父母，双目流转着希望的光芒，"他将是虎鲸一族的中兴之才。"

5.

从出生那天起，虎鲸就被当作族长的候选人培养。他随长老学习捕猎技巧，又随族长修行虎鲸一族为数不多的法术。虎鲸当真是不出世的天才，任何技能，他只要肯学习，一周之内必然掌握。

从一岁半开始，直到八岁为止，虎鲸几乎学习了每一个族人的拿手技能。作为一个少年，他捕猎动作的标准程度已经不亚于族里的成熟猎手。甚至所学习的技能中，有一半超越了族人原本掌握的水平。

八岁的第一天，他开始随其他族人出行远海。

鲸群划过水面，由与虎鲸同为族长候选人的狂戟带队，向着北海进发。狂戟多年以来始终看虎鲸不顺眼，这次趁族长不在，自然把虎鲸安排到最后一个梯队去了。

虎鲸倒也乐得自在，不争不抢，一直缓缓跟着。

鲸群行进的速度很快，不到三天，就已经接近了冰区。狂戟查了一下人数，便挑选一族人作为斥候。

冰区是鱼人的大本营，每次通过时，他们都会遭到埋伏。斥候也往往选择速度最快的族人，便于及时通知鲸群，这次也不例外。然而斥候几乎把冰区穿了个来回，也没见到一丝有鱼人存在的线索。

"安全！"狂戟叫道。

"或许是这次出海的族人多了些，那些鱼人不敢来了。"狂戟在心中默默安慰自己，率先进入冰区。

鲸群在水面寂静无声地滑行。尽管前方的斥候始终没发现什么危险，气氛却仍然有些诡异。每个族人都紧绷着神经，大气不敢出。

冰山之上，一点碎裂的声音响起。

虎鲸猛地扭动身躯，望向声音传出的方向。接着，又是一声响起。

随着第三次碎裂的声音响起，虎鲸已经完全能够确定鱼人的埋伏方式，他深吸口气，扬声喊道："有敌袭！"

安静的鲸群顿时有些骚乱。

"安静！"狂戟吼了一声，压下其他的声音，然后看向虎鲸，不屑地冷哼道，"敌袭，怎么可能？就连斥候都说安全，你可不要为了表现自己而胡乱说话，影响军心。否则，即便族长对你看重，我也会将你驱逐回去。"

虎鲸毕竟太过年轻，无论声望还是资历都与狂戟相差甚远。一时间，鲸群看向虎鲸的目光都变得有些怀疑。

虎鲸叹了口气，身体紧绷，做好了闪避的准备。

冰山上，碎裂声愈来愈多，转瞬间已有二十多次。

就在鲸群已经穿过差不多三分之二的路程时，作为斥候的族人突然痛苦地号叫了一声。他跃出水面，倒翻转身，向着鲸群冲回。

一支水箭狂飙突进，在太阳的照耀下闪闪发光。伴随着破空的暴响，水箭凶狠地追上斥候，深深刺入他的脊背。

接着，是更多的水箭。

"敌袭！"他叫道，猛地潜入水下。

但逃跑已经无济于事，更多的水箭落下，在海水中透出空腔。那些透明的箭仿佛长了眼睛一般，一支又一支径直刺入斥候的身躯。

狂戟浑身一震，也放声怒吼："敌袭！"

鲸群炸开了锅。

"是鱼人的水箭，他们掌握的最恶心的招数之一。"虎鲸身边的猎手目光严肃，解释道，"说是水箭，其实只是一种控制水的能力。虽然限制极大，只能在有水的地方运用，但杀伤能力却极强。"

"恶心的地方，就在于它的攻击性质——它并不依靠穿刺伤害攻击。"

"小心水箭！"狂戟大吼道，"全体听令，入水，呈蛇形游泳，藏在冰盖之下！"

虎鲸闻令下潜。更多的水箭从天空中落下，如同雨幕。虎鲸亲眼看到面前的其他族人被数十支水箭射中，面露痛苦，不断挣扎着沉入海底。

他抬眼望去，左上方便是刚才给他讲解水箭的族人。那族人不断地移动身躯，却在重重箭雨的攻击下有些力不从心，眼看就要中招。

虎鲸咬牙，躲避着箭雨向上游，冲向那个族人。他翻身游到其上方，向下撞去。

那族人因为这一撞，刚好避开了即将刺入身体的水箭。他顺势下沉，彻底离开水箭的攻击范围，然后感激地回头，寻找自己的救命恩人。

"啊，是你！"他看到虎鲸，有些讶异。

虎鲸轻松地避过水箭，下沉到那族人的身边，微微一笑："你还没给我讲完这些水箭究竟厉害在哪里。"

"谢谢你救了我，欠你一份人情。"那族人笑着摇摇头，"既然已经安全到了冰盖下面，你想知道，那我就继续讲给你听。"

"刚刚看没看到那些因痛苦而翻滚挣扎的族人？"他道，"他们就是中了水箭。那种水箭的攻击效果并非仅仅是普通穿刺，更多的，则是向肌肉中注水。"

"注水？"虎鲸瞪大了双眼。

"对，就是注水。"那族人点了点头，"肌肉坏死，压迫神经，最后则是血管破裂。中了那水箭，会死得很痛苦。"

虎鲸听了微微皱起眉头："这么残忍？"

那族人又一次摇头："这还不是最残忍的，单是我知道的，就还有好几种法术。例如水雷，他们把极高的能量凝集在水球之中，控制其爆破。比金属还要锋利的水流会在瞬间切开一切，中招的族人，几乎没有一个能活下来。"

虎鲸听得略有些胆寒。

"据说这些都是陆地上一个叫作人类的种族的发明，被那些鱼人学到手，用在了我们的身上。"那族人咂了咂舌，"也不知道是该说人类拥有智慧，还是该说他们残忍。"

说罢，那族人叹了口气。他甩了甩头，重新笑道："还没介绍自己，明陶。"

虎鲸愣了一下，也笑道："虎鲸。"

几句话的时间，二人便成了朋友。他们一边跟着大部队行进，一边聊天。明陶年长一些，远海已经出了不止一次，一路上告诉虎鲸很多见闻，包括鱼人和虎鲸二族争斗的历史，也包括其他种族的凶恶与善良。

时间一分一秒过去，漂浮在他们头顶的冰盖愈来愈少。阳光从前方的海面透射下来，照亮了鲸群前进的路。

"回去之后，把我妹妹介绍给你认识。她很美的，别看你小子是族长候选人，追她的候选人可不止一个。"他挤眉弄眼，冲着游在最前方的狂载的后背做了个鬼脸，"其中就包括那个大块头，你的压力很大哦。"

虎鲸被明陶的表情逗得扑哧一笑，调笑道："那可要拜托未来的……"

轰——！

下半句话的声音还没传出，就被爆炸彻底吞没。

虎鲸的脑海中嗡的一声，所有声音顿时都无法听清。他视线可及之处，全都是重影。

爆炸声仍在继续，隐隐约约还夹杂着不知是谁的怒吼。在虎鲸的耳中，那些声音仿佛自远方传来，空灵又单薄。

数十秒后，他才逐渐恢复了意识。

一切场景又重新回到了爆炸发生前，唯一不同的，就是明陶。他浑身都是伤口，皮开肉绽。血液不断地涌出，染红了虎鲸身边的海水。

虎鲸愣住了，他游上前去，扶稳了明陶的身体，焦急道："喂，你怎么样？！"

"你还是松开我吧，有点疼……"明陶笑了一下，声音沙哑。血液从他嘴中吐出，向水中扩散。

虎鲸急忙松开了他的身躯。

"谢谢你能救我，还有，我是真的想把妹妹介绍给你……"明陶眼神涣散，逐渐向着海底沉去，"人情还你了。"

眨眼间，他便消失在漆黑的深海中，不见踪迹。

"所有人小心！"狂戟那极具穿透力的声音自远方传来，"待在你们一直待的地方，千万不要上浮，一定要注意观察，鱼人在水中安置了碎片水雷。"

虎鲸怔了好久，然后眯起了双眼。

似龙卷风般的螺旋在虎鲸身后出现，推动他向前。他不断地加速、加速、加速，超越一个又一个族人。

"你干什么？！"狂戟看到了虎鲸的身影，吼道，"赶紧停下！"

虎鲸在狂戟的头顶闪过。

"我可是队长！"狂戟一缩头，冲着虎鲸的背影喊道，"再不停下，回到族里，我必定告你一状！"

虎鲸停了下来。

狂戟心中暗喜，刚想说话，却看到虎鲸转过了头，眼中充斥着寒冰。

"去你妈的队长，你算个什么东西。"

虎鲸不顾狂戟的阻拦，猛地跃出水面。冰山上，数十个鱼人看到一反常态跃出的虎鲸，都是一怔。

接着，阳光下突然有点点微芒闪烁，虎鲸带出的每一道水流，都在空中凝集。

如标枪突刺！

鱼人从未想过，自己的招牌能力有一天会作用在自己身上。他们尖叫着奔逃，却一个接着一个倒下。

虎鲸重新坠入水中时，冰山上，已经再无活口。

鲸群浮出水面，被眼前的景象所震惊。这是虎鲸一族有史以来第一次大获全胜。而这一切，仅由虎鲸一人达成。

那一天，虎鲸差九天十岁，即将成年。

九天后，鲸群归乡，也正是虎鲸的成年礼。那天，虎鲸族长把虎鲸叫到身前。

"孩子，我已经没有东西可以教你了。"他咳嗽着，却满脸笑意，"我所掌握的一切，除了幻化人形需要年龄来做支持，其他的你都已经学会了。唯一欠缺的，就是在应用中的熟练程度。这是我所教不了的东西，需要你自己去积累。"

　　说着，虎鲸族长转过身，望向宽阔的海面。

　　"海洋很大，有无数种族。我们虎鲸一族甚至只是那些种族里一个普通族群中的极小分支，我们的敌人也不仅仅是那些鱼人。"虎鲸族长面对着大海翻滚的浪潮道，"这个世界上充满了尔虞我诈，但同时，也充满了善意。你一定要保持本心，不过所谓的弱肉强食，你也一定要小心。"

　　虎鲸似懂非懂地点了点头。

　　"说了这么多，终究都是纸上谈兵。孩子，我能看到你的未来，那是光辉。"

　　虎鲸族长伸出手，指向日出的地方，道："走吧，向那里游，拼尽全力。"

　　太阳初升，金色的光自天边射出，一瞬间染遍了整片天空。

　　虎鲸回头望了一眼，长啸一声，逆着海浪突进。他跃出海面，黑色的皮肤在阳光下泛着光芒，然后坠入水中。

　　水花溅射，如同一朵巨大的青莲。

❺ 鲸落

万物生栖。

消亡，下落，沉寂，滋养了喧嚣。

这是鲸鱼送给世界最后的温柔。

1.

虎鲸踏上了游历之旅。于他而言，这条令无数族人胆怯的路，反而颇为有趣。

和虎鲸一起离开族群的还有四头鲸鱼，他们每一个都有着自己的索求：有的是为了寻找前辈留下的宝藏；有的则是为了积攒功绩，想单枪匹马去猎杀鱼人。说起来，其中倒只有虎鲸一个没什么目标。

他从小到大就这样散漫惯了，一时间也不知到底应该去哪儿。思前想后，最终决定跟着另外四个族人的其中一个。

虎鲸选择了记忆中族人先行离开的方向，追了上去。

他就这么遇见了瓷儿，歌声吸引着他在逆涛中穿行，破开海浪，追上那个背影。

瓷儿真的如瓷器一般，仿佛是最精致的艺术品。她的声音宛如天籁，又似能穿透内心最柔软处的剑刃，径直透进虎鲸的心中。

虎鲸被那歌声微微震撼，游上前去。

一见钟情、一往情深，或许没有比这两个更恰当的词。虎鲸一生中从未对谁动过心，却在此时坠进了瓷儿深邃的眸子里。

瓷儿全名为明瓷，是明陶的妹妹。她这次出海历练，为的便是找到上次出行未归的哥哥。

虎鲸自然知道结果如何，然而面对瓷儿时，他却难以启齿，不舍得告诉她真相。一路上，虎鲸始终告诉她，她的哥哥还活着，只是因为游历才不曾回到族中。

到了之前遭遇埋伏的地方时，已经是一周后了。海面上早已什么都不剩。

瓷儿看着冰山上仍存的一丝不太明显的血迹，心情跌落到谷底，原本抱着的一丝幻想，几乎在这点血迹面前彻底破碎。

"我的哥哥已经死了，对不对？"她带着哭腔低声问道，眸子里闪亮的光泽都逐渐褪去。

虎鲸摇摇头，他仍然坚持着之前的谎言，不断地告诉她，明陶只是去游历了而已。

瓷儿问了数次，得到的都是否定的回答，黯淡的眸子里终于重新燃起了一丝希望。

她和虎鲸穿过冰山群，视野变得开阔，压抑的心情也好了很多。

"既然哥哥是去游历了，想找到他，大概也很难吧。"瓷儿轻声道，"但我还不想回到族里，哥哥不在，那里就没有亲人了。狂戟那些人总缠着我，很讨厌。"

"没事，他们缠着你，我就要他们好看！"虎鲸道，"有我在，谁敢？"

"可我不想回去，在外面游历，运气好的话，总有一天会再见到哥哥吧？"瓷儿道，"希望虽小，总还是有的。"

虎鲸一时想不出如何回复瓷儿，只好赞同地点头。

瓷儿等了一会儿，也没听到虎鲸有所反应，轻哼一声，似是生气，向着相反的方向游去。

虎鲸一愣，也不知自己到底犯了什么错误，有点委屈地停在原地。

游了一段时间，瓷儿突然回头叫道："你是傻吗？还不追上来！"

"啊？"

"我让你陪我！"

一年时间转瞬即逝，虎鲸和瓷儿之间的关系不断升温。

那天或许风和日丽，或许巨浪滔天，或许浮光跃金，或许斜阳晚照，虎鲸都不记得了。他只记得，那天他的表白被瓷儿接受，他认定的一生的伴侣陪在他的身侧，哼着悠扬的调子。

如果鲸鱼也会害羞的话，瓷儿身上那些白色的部分，大概会全部变成红色吧。

"给你个礼物！"虎鲸转身，冲着瓷儿神秘地一笑。他一甩尾潜入水中，将巨量的海水吸入体内，用尽全力游向远方。

海面上出现一条白线，不断冲刺，越来越快。虎鲸从来没游过这么快，波浪推着他的身体，仿佛整片海洋都在助他，给他以不断向前的力量。

瓷儿在他的身后追逐，波浪被她的背鳍划开一道笔直的裂纹。

"你要去哪儿？"瓷儿望着虎鲸愈行愈远的背影，在他身后叫嚷。她的体力比不上虎鲸，刚追了一会儿，就已经有些筋疲力尽了。

轰！

虎鲸猛地跃出水面，无数水花随着他的身体升腾。光线照在他的皮肤上，泛起凝脂一般的釉色。黑白相间的花纹，此刻竟仿佛拥有了世间的所有色彩。

瓷儿停止了游泳，视线跟着虎鲸上移，看得痴了。

他是如此矫健。

虎鲸不断升高、升高、升高。所有的族人，从不曾有如此体魄。

升到极限的那一刻，他浑身肌肉突然一紧，背上的气孔大张，巨量的海水从气孔中喷射而出，如同爆发的火山。

水珠凝集在一起，翻腾、旋转，化为了漫天初绽的鲜花。

每朵鲜花，都映着太阳。

闪闪发光。

2.

看到其他鲸鱼四散奔逃却仍被一只接着一只捕捞上船的那一刻，虎鲸就意识到，面前的人类远不是当初的鱼人所能比得了的。

他们在进化的道路上走得太快太远，已经远远地将其他物种甩在了身后。虎鲸终于明白了，为何所有的物种在学习幻化之术时，都选择人类的形象作为定式。

因为他们，早已站在了世界的顶端。

"瓷儿！走啊！！"

虎鲸怒吼道，他在瞬间就明白了自己的境况。他用身后的巨尾凶狠地拍击水面，溅起一片水珠。空中，一颗颗水珠化为利箭，瞄准捕鲸船飞射而出。

但一切都无济于事。

以现代技术锻造钢铁打造而成的捕鲸船，仅仅凭借虎鲸那一点微薄的法力，不要说撼动，就连突破最外层的钢板，都是难上加难。能够刺穿任何水生生物的水箭落在船侧，甚至没留下一丝痕迹。

可虎鲸一定要将捕鲸船拦住，即便是拼尽全力、落得生命消亡的下场，他也一定要做。

虎鲸一遍又一遍催发水箭，直到灵力入不敷出，感到一阵眩晕。

瓷儿的肚子里怀了孩子，原本身体素质就一般的她，此刻心中紧张，反而愈游愈慢。她的小腹不时感到一阵阵锥心的痛，她每游十多米，就要停下身子喘息一会儿。

"宝宝，不要乱动。"瓷儿大口喘着气，强忍疼痛道，"不要拖爸爸的后腿。那艘船追不上我们，只要能离开这片海域，我们……很快就可以逃走了。"

"下鱼叉。"船长望着数头远遁的鲸鱼，淡淡地开口。他的声音仿若机器发出的声响，不带一丝情感，眼前的一切杀戮似乎都与他没有一点关系。

水手闻令，纷纷举起了手中的鱼叉枪，填入鱼叉。带着倒钩的鱼叉在空中一闪而逝，如同噬骨的狼，狠狠地咬住瓷儿，一支又一支。

作为鱼人水箭的原型，鱼叉虽然没有注水的功能，却仍然不失狠毒。数支钢制鱼叉刺入瓷儿身体后，对她本来就不太方便的动作造成了进一步的影响。

与此同时，一名水手架起了甲板上方的固定鲸鱼叉枪。

他将火药填入，扣动扳机。伴随着水手张狂的笑声，枪管轰然爆发一声巨响，巨大的鲸鱼叉旋转着飞跃海面，狠狠地刺进了瓷儿的脊背。

"三！"水手的嘴角露出了笑意。

鲸鱼叉几乎碰到了瓷儿的脊骨。她痛苦地在水中翻腾，用力挣扎，想将其从后背拔出。但鲸鱼叉插得太深，瓷儿的动作反而使伤口进一步扩大。鲜血不断地涌出，染红了海水。

"二！"又是一声倒数读秒。

虎鲸听在耳中，心里危险的感觉越来越盛。他数次想冲到瓷儿身边，都被不断从头顶飞来的鱼叉逼了回去。瓷儿痛苦地号叫，虎鲸却什么也做不了。

"一！"水手念出了最后一个数字，微微眯起双眼。

一声闷响自瓷儿体内传出。鲸鱼叉的箭头中隐藏着爆破装置，此时竟是生生炸断了瓷儿的脊骨。瓷儿向前逃亡的动作停了下来。她一动不动，漂浮在海面上。

水手的脸上现出了成功的喜悦。他启动了连接鲸鱼叉后面绳索的电动绞盘，绳索不断后卷，将瓷儿拖至船舷旁。

世界突然寂静了，不再有风声与海水击石声，不再有水手的呼喊。视线所及的一切，都仿佛被慢速播放，一帧帧地闪烁。

虎鲸放弃了反抗，天降巨网，笼罩了他的身躯。

几个水手吆喝着把他抬到船上。一直发号施令的船长见捕猎完成，大步流星地走到虎鲸身边。他拍了拍虎鲸的后背，面带笑意："看这肌肉，看这皮肤，这么漂亮的鲸鱼，你们可要好好侍奉着。他值无数票子，无论是卖到动物园还是水族馆，总会有人出高价的。"

停顿了一下，船长道："咱们这次发了。回去之后，每个人的薪酬都按比例增加。"

水手中爆发出一阵欢呼。

有刚上船的年轻水手跑到船长身边，小心翼翼地问道："船长，那边有几头鲸鱼好像伤得有点厉害，怎么办？"

"什么怎么办？咱们的主业还是卖鲸鱼制品，又不是什么货色都能活着处理出去。"船长不耐烦地挥挥手，"普通鲸鱼就直接宰掉，用冰镇上，能保证回到港口前不臭就好。以后这种事不用问我，你自己决定。"

他是整个捕鲸队的总队长，对于他来说，如何处理鲸鱼都是些无关紧要的小事。每次出海能获得多少利益，才是他该考虑的事情。

年轻水手点点头，带着几个人围在了鲸群旁，手中提着巨大的斩骨刀。

瓷儿蜷着身子，低声自语，置身于全世界之外。她已经感觉不到疼痛，即将因大量失血而休克。

"宝宝，不要怕，妈妈给你唱首歌吧……"她道。

歌声从瓷儿的嘴中传出，又因为气息的不连贯而时断时续。

"哈哈……很难听吧。"瓷儿有些自嘲地笑了一声，"爸爸比妈妈唱得好听多了，只不过，不知道你还有没有机会听到……"

"宝宝，你还没名字呢，妈妈总不能一直叫你宝宝吧……

"宝宝，你会不会像你爸爸一样威武……我跟你讲啊，你的爸爸可厉害了……

"宝宝……"

悠扬的调子从她的额顶向外扩散，嗡鸣不止，逼迫向前的水手愣住了，磅礴狂暴的悲伤席卷了每一个人。

"我怎么哭了？"在捕鲸船的另一侧甲板上，船长诧异地伸出手，沾了一滴挂在下颌的泪，下意识放入嘴中。

泪水的味道与海水相同——咸、涩。他突然有种错觉，整片海域的水，全都是眼泪。

沉默了一会儿，他甩了甩头。

"愣着干什么？"船长声音沙哑，冲其他水手喊道，"专心做你们的工作。"

水手们这才回过神来。他们扬起刀，劈向了瓷儿。利刃剖开了瓷儿的肚子，水手们发现了未出生便夭折的幼鲸。

"嘿，船长你看，意外收获！"水手惊喜地抱起胎死腹中的幼鲸，叫道，"据说这玩意儿大补，要不今天晚上，就把它炖了，让兄弟们也尝尝鲜？"

虎鲸无神的双瞳突然变得赤红，不知是泪还是血，汩汩涌出，顺着他的皮肤滑下。

　　船长答应着，突然感到一阵心悸。

3.

　　人类，是这个星球上最智慧的物种，最强大的物种。对于其他物种来说，他们与神没有什么区别。人类所创造的科技，使其进化到其他物种难以匹敌的地步，同时，也使其成为无数物种的敌人。

　　操控命运，掌握生死，就是这么简单，却充满了血腥气息。

　　虎鲸身躯一震，挣破了渔网，艰难地向前。他脆弱的皮肤擦在粗糙的甲板上，留下一道长长的血印。

　　"船长，快看你的身后，那头虎鲸从渔网里跑出来了。"有水手看到不断屈伸向前的虎鲸，瞪大了双眼，扬声提醒，"小心它逃跑！"

　　船长急忙回头，刚要吩咐距其较近的水手去捕捉，却发现那虎鲸不但没有逃跑，反而径直朝他而来。

　　"我为什么要逃？"虎鲸冷冷道，声音充满愤怒，压制不住颤抖，"是你们逃才对。"

　　"人类——全都——该死！"

　　虎鲸的双目透出凶光，绝望的悲鸣响彻云霄。

船长瞪圆了双眼，他确信自己没有听错，面前的鲸鱼竟然说出了人类的语言。他想起了从小到大始终流传在渔民当中的海妖传说。

"该死！杀了这个畜生！"船长又惊又怒，大声咆哮。

"你怕了。"虎鲸死死盯着船长的脸，开口道，"你为什么要怕呢？作为掌握着全世界、对其他物种掌有生杀予夺大权的人类，你为什么要怕呢？"

水手没有按照船长所说的做，而是被虎鲸的气势所慑，纷纷退了一步。

船长怒骂一声，从身边的人手中夺过一支鱼叉枪，瞄准虎鲸的头顶狠狠地扣下扳机。

鱼叉在空中突进，径直插入虎鲸的身体之中。虎鲸身形一顿，倒抽口气。水手们这才纷纷反应过来，急忙扣动扳机。无数鱼叉刺入虎鲸的体内，鲜血流满了甲板。

虎鲸望着远处已经不动了的瓷儿，又望了望天空：阳光炽烈，洒在海面。温暖阳光的普照下，虎鲸的身体却愈加充满寒意。他这才明白，真正的恶行，从不只隐藏在黑暗之中。

虎鲸深深地叹了口气。

"那就——来生见吧。"他喃喃道，然后猛然跃起。

随着虎鲸的动作，海水突然扬起，贴着船舷向上迫近。数条海水凝集成的长龙径直冲向天空，画了条抛物线落下，汇聚到虎鲸的身上。那些海水呈现出了仿佛强酸一般的效果，仅仅一瞬间，虎鲸的肉体便在其包裹中消融。

销蚀了虎鲸的肉体后，水龙并没有停下，而是微微偏转方向，继续向着天空狂飙，足足蹿了数十米之高，聚成一颗庞大的水球。

水球在太阳下散发着粼粼波光，眨眼间又越缩越小，化为一个水晶似的固态球体。

不知何处有鲸鱼的长鸣响起，在空中回响。阳光下，那拳头大小的球体猛然炸开。粉末被海风吹散，在阳光下化为一道七彩的虹，弥漫了整片海域。

接着，大海沸腾了。

海水不停溅射，如雷声轰鸣，每一滴水珠脱离海面后，都会悬浮在空中。它们化为利箭，如流星般环绕着捕鲸船不断旋转，这一瞬间，它们获得了新生，在天空中萦绕着翱翔。

接着，无数水箭如暴雨般倾泻而下。

"天哪……"捕鲸船船长瞪大了双眼，眸中映着象征死亡的光影。

骨化形销，美不胜收。

半透明的巨鲸凭空出现，他狂啸一声，越过数百米，扎入海洋。一道白线自其入水处涌来，裹挟着雷鸣般的巨响，奔腾呼啸。

白线迅速长高，越来越庞大，最后竟达到七八层楼高，以摧枯拉朽之势狂袭而来。群山一般的潮水遮盖了天空，阳光透过，留下淡蓝色的光斑。一瞬间，捕鲸船便被狂暴的海水推翻、吞没，被拍得支离破碎。

滔天、狂暴的浪涛汹涌而过，吞噬了一切。数十名船员连话都未来得及说，就被卷入了海底。

巨鲸再一次跃出水面时，包括捕鲸船在内的全部人类存在过的踪迹，都已经消失无踪。

乌云在天空中出现，遮盖住阳光，雷电自空中劈落。海域中央，有漩涡自小到大形成。

那片海域变成了绝地，终日风浪不止。凡进入者，没有一人能活着出来；无数以此为生的人被饿死。

附近的渔夫都说，那里是妖海，有鲸妖出没，能吞噬一切。

4.

水蓝色的刀光不断劈出，却又被黑无常一次又一次击碎。

虎鲸怒吼着向前，身后鲸鱼闪现。然而黑无常动作实在太快，无论是格挡还是攻击，都毫不逊色。虎鲸几次进攻，都被黑无常轻易拦了下来。

"人类全都该死。"

厨刀被虎鲸紧紧握在手中，微微颤抖，刀刃上满是细小的缺口。他的右颊有一道深可见骨的伤痕。

又一次进攻，黑无常直接命中他的胸口，将他击倒在地。

虎鲸吐出几口血，也没有再爬起来，只是躺在地上，看着天空。

"你的实力很强，我猜即便在整个九街，你也应该算是一把好手。但是你的动作太过急躁，下降的实力，恐怕不止两三成吧？这样的状态，你根本不可能打得过我。"黑无常收了银锁，低声道，"我也不为难你，你走吧。不过有一点我要告诉你，那就是你错了。"

"人类不该死。"

黑无常转身，牵着夏浅的手离开，白无常挑了挑眉，也不说什么，只是信步跟在后面。

"我没错！"虎鲸艰难地爬起，吼道，"你没有我这样的经历，当然站着说话不腰疼。难道这样的人类，还不该死吗？！"

走到拐角处，黑无常停下了脚步，微微侧身。灯笼的光照在他的脸上，刻出坚硬的线条。

"不受控制的欲望都该死，无论什么种族，包括人类，也包括虎鲸。"

说罢，他再不回头。

身后，虎鲸松开了手，厨刀落在地上，发出当啷的响声。

5.

"他真的会来吗？"夏浅悠着怀中的婴儿，有些不确信地问道。

黑无常拎起茶壶，洗了洗杯子，将茶水倒入茶海。他啜饮一口，笑道："不一定，事情没有结果之前，我也不能保证。他可能来，也可能不来，决定的因素，就看他有没有理解我所说的话了。"

“那要不来怎么办啊？”夏浅噘起了嘴，“难不成还要我再去站半天？”

敲门声突然响起，打断了夏浅的抱怨。

“请问，你们这儿还缺不缺厨子？”

妖海上的风浪突然停了，阳光透过积云，洒在海面，留下金色的波纹。

漂于海面的鲸骨带着初晖的暖意，缓缓下落，沉入海底。一条迷失了方向的幼年小鱼闯入其中，成为这里的第一位客人。

群鱼游荡，贝类开合。龙虾弓着身子自鲸肋间穿过。几只蟹小心翼翼地躲避着靠近的章鱼，藏在一段脊柱后面。珊瑚探出了头，仿佛初绽的鲜花。

万物生栖。

消亡，下落，沉寂，滋养了喧嚣。

这是鲸鱼送给世界最后的温柔。

无常店
WU CHANG DIAN

❻ 食神

狂暴的烈焰吞噬了玉帝題字的牌匾。

那一天，

三界六道都看見了天空中的那道流星。

1.

　　"为什么吃你做的日料总感觉用材像是人肉？"黑无常拿着筷子，戳动着面前煎得恰到好处的鱼腩，皱眉道。那鱼腩极嫩，只是拿筷尖轻轻一点，便能溢出泛着鲜香的汤汁。

　　"爱吃不吃。"虎鲸瞥了他一眼，冷声道，"你不要找碴儿，整个九街，论煎鱼我是第一。"

　　"生什么气嘛，我只是觉得不放心而已。"黑无常嘿嘿笑道，"毕竟你有前科。"

　　"我有个屁前科。"虎鲸夹起自己面前的鱼腩，送入嘴中，"夏浅算是我见到的第一个普通人类，你可不要到处传我的坏名声。"

　　"嘁，看你长这一副凶相，谁……哎哟！"小黑话未说完，便突然脚踝一痛，像被什么东西蜇了一下。他回头，看到一抹青色的残影自他身下闪过。

他揉了揉脚踝，再抬头时，只见青狐一跃，蹿上桌面，叼了鱼腩就跑。

"臭狐狸敢从我嘴里抢食，我看你是活腻歪了！"黑无常大怒，回头就要扑上去。可屁股刚离开椅子，还不等站直，却怎么也起不了身了。

苍白的手掌搭上了他的肩膀。

黑无常重新坐回椅子上，无奈地开口："老白，你……"

"嘘。"白无常在唇边竖起一根手指，示意黑无常安静，"你听。"

有窸窸窣窣的声音响起，仿佛粗糙的手指在绸缎上摩擦。令人惊异的是，这声音的源头竟似存在于大脑中央。

黑无常也安静了下来。他散发出灵觉，感受着声音的来源。然后抬起头望向窗外，他能感受到一股并不强势，却极其古老的气息在远处升腾。

"虎鲸，怎么回事？"白无常皱起眉头，开口问道。

虎鲸像是什么事都没发生一般，淡定地挤出一点芥末放在手中的勺上，然后在小勺中的芥末里放进酱油，打得混浊。

"这九街，看起来歌舞升平，其实生活倒也不是那么平淡的。"他道，"你们在地府居住数千年，只闻其名不见其实，之所以能在这儿混得开，也就是法力高强而已。若说最值得敬佩的，还是那些在夹缝里仍能不断前进的人。"

黑无常翻了个白眼，嗤了一声。

虎鲸笑笑，低头夹起鱼腩，蘸了一点芥末："可谁又能确认，你我这样的，不算是在夹缝中生存呢？据说能来到九街的人，每一个都拥有不足为外人道的故事。"

黑无常闻言一怔，收回了不屑的表情，叹了口气："你说得没错，无论你我，还是外面苟且偷生的小妖，确实都仍生活在夹缝之中，没有什么不同。"

嗡。

窸窸窣窣的声音突然暴涨，最初是细碎电流般的噼噼声，随着时间的流逝，竟逐渐化为呼麦似的嗡鸣。空间中的灵气都开始随着突如其来的声音共鸣，不稳定地震颤起来。

丝丝紫色的静电在空气中突然出现、弹射，拉出蛛网一般的细丝。

黑无常伸出手，感受着灵气的波动。他挑了挑眉毛，打了个响指，耀眼的金色火花在两指摩擦的地方骤然出现，甚至压过了客栈里的灯光。

青狐的毛爹了起来，他把未吃完的半块鱼腩放回盘子中，伏下身躯，露出犬齿，喉间发出威胁的低吟。

"元素暴乱。"黑无常轻声道，他不再尝试，而是站起身来，掌心向上。柜台后挂着的银锁穿过大堂，在空气中擦出无数金色火花。它落在黑无常的手中，如同活物般沿着小臂蛇缠而上，流光隐隐。

无数紫色的电花附在银锁上噼啪作响，黑无常微不可见地皱了下眉头，伸手将其抹去。

嗡鸣声随着时间的流逝变得越来越大，黑无常只觉得头颅中有一口巨钟，被人用力撞响。

"月门启，百鬼行。"虎鲸终于放下了筷子，正襟危坐。他目视窗外，看着饱满的圆月，肃声说道："这是大裂缝要打开了。"

虎鲸话音刚落，嗡鸣声便大到极限，猛地炸开！

如同雷霆万钧！

几千米外，一点震动猛然爆破开来，向着四周散发而去。仿佛在水中浮了很久的气泡，终于打碎了水面的镜。一瞬间，道道波纹翻滚，磅礴的气息席卷了整条九街。

飘浮于窗外的灯笼受到冲击，一盏盏熄灭，直到无常客栈。气息接触到黑白无常等人的一瞬间，黑无常臂上银锁的光辉就被洗刷殆尽，甚至没坚持过两秒。

"怎么……可能！"黑无常瞪大了双眼，满脸的难以置信。即便当初在秦广殿，地府无数高手围攻他时，也未曾有人破了他的法术。

但此时此刻的场景，又令他不得不信。

整条街陷入了黑暗之中。

门外有不知名的歌声响起，身着青衣的女子，踏着碎步自店门前路过。女子的后面是一身蓑笠的侠客，背后的剑洒着摄人心魄的碎银星辉。宽檐草帽遮掩了他大半张脸，仅露出了一点下巴，能隐隐约约看出其英俊的轮廓。

然后是香气，不是花香，不是果香，而是引人垂涎的食物香气。原本极鲜的鱼腩，在这股香气的对比之下，瞬间没了味道。

一身赤色长衫的中年男子信步而来，手中端着绘满图腾的砂锅。锅沿白气喷溢，汇成道道龙形，盘踞遨游。

男子每行一步，那砂锅边的龙形蒸汽就会张开嘴，向锅底喷射火焰为其加热。

"食神。"虎鲸的瞳孔猛地一缩，浑身紧绷。两柄厨刀自他腰间滑入手中，散发着水蓝色的光辉。

昏暗的街道上，一个又一个人踏着月光，沉默地走过，向着九街的深处进发。

2.

"食神？"黑无常平复了心情，重新释放法力。他看着虎鲸如临大敌的样子，不禁问道："什么来路？"

虎鲸长出口气，放松下来，把刀重新插回腰间，摇了摇头。他拿起筷子，夹起一块鱼腩放入嘴中。

那鱼腩的味道仍旧鲜美，却再无法勾起他的食欲。

虎鲸沉默了一会儿，终于还是叹了口气，从桌边站了起来。

"算一算，这客栈开业至今也有半个月了，来了九街这么长时间，你们还没怎么感受过这里的夜景吧？"他道，"今天正是每年两次最繁华时候的其中一次，正好赶上，不出去逛逛？"

黑白常转头，想要征求白无常的意见，却正好碰上了白无常询问的目光。他无奈一笑，点了点头。

青狐一跳，趴上白无常的肩膀，跃出之前还不忘了叼走盘中剩下的鱼腩。

"嘿，那就走起。"虎鲸道，"让二位无常大人感受一下我们九街最具特色的东西——传说中的世界间隔之墙。"

黑无常心中剧震，表面上却表现得跟平常一样。他把激动得有些颤抖的手指藏在背后，深吸口气，平复心情。

"小浅，你看好孩子，不要出门。我和老白去看一下前面发生了什么，一会儿就回来。"黑无常披上了黑袍，嘱咐道，"老鬼，他们的安全……"

"交给我了。"老鬼嘶哑地笑笑。

黑无常点点头，放下心来。他走到客栈门前，伸手将门推开。

这是黑白无常第一次于深夜离开客栈。飘浮在空中的灯笼此时全部熄灭，不再旋转，原本熙熙攘攘的街道也变得寂静无声。眼前，一个个带有极强气息的身影或悠然或焦急地穿行而过。

白无常从黑无常身边挤了出去，站在众人之前，伸出了右手。乳白色的柔光自他手心弥漫出去，如烟云般散在空中。

大概隔了十多秒，上百条丝线又从空中汇聚、集合，重归为一个光团。白无常摘下悬浮的光团，用力捏碎。

他沉默了一下，面色变得凝重。

"九街名不虚传。"白无常道，"果真是高手如云。"

四名穿着残破黑袍的人从街口缓缓前进，他们手中执着一根长烛，每路过一只灯笼，便将其点亮。很快，整条街又恢复到了灯火通明的状态。

"管理员。"虎鲸放低声音，为黑白无常解释道，"每半年才出现一次，为大裂缝的开启善后。"

四周店铺中的人重新自屋内出来，井井有条地收拾着因为冲击而散落到地上的杂物。很快，杂物收拾整洁，摊位重新开张。不足五分钟的时间里，喧哗声便再次充斥耳畔。

叫卖声此起彼伏，各类怪异的物种又在街头游荡，完全没有人觉得他们是异类。一切重启，按照原有的秩序进行，仿佛刚刚的事情未曾发生。各家的店门大开着，络绎不绝的顾客来来往往。

"这……"白无常看着周围来来往往的各个种族，尴尬地苦笑，"怪不得生意一直这么差，原来大家都在晚上开业啊，不会只有我们一家店关门吧……"

"你以为呢？"虎鲸翻了个白眼，"据说这个街区夜晚集市的隐藏，要依靠太阳的能量来支撑。一夜过去，能量消耗殆尽，白天就采取闭市的方法来避免经过这条街道的普通人发现端倪。那时，只有人类的店铺才可以仍然开放。"

"那若是有人类以外的其他种族不守规矩怎么办？"黑无常有些疑惑，"这种东西仅仅依靠道德要求，是不是太不安全了？"

"不会有人不守规矩的。"虎鲸摇头笑道，"你这种想法，是把人类摆在弱势地位了。实际情况却不是这样，若有人类未曾见过的奇异种族被人类发现，无论这个种族掌握了什么强力的法术，遭殃的，都不可能会是人类。"

说罢，他径直向前走去："走，去大裂缝。"

黑白无常在他身后愣了一会儿，苦笑一声，急忙跟上。

3.

大概四千米外，便是九街的尽头。不过说是尽头，其实只是让人无法再向前行进，空气中仿佛有面玻璃制成的墙壁，将九街的前半段与后半段隔了开来。

"那就是后九街，而这面看不到的墙，九街的老住户都称其为世界间隔之墙。当然了，这墙也只会在夜间出现，白天这里仍然是可以任意通过的。"虎鲸解释道，"每半年，大裂缝开启一次，自认实力足够的强者都会穿过裂缝，前往对面的世界。"

"为什么？"黑无常皱眉问道。

"传说中，对面的世界有一个不知具体是什么的宝物，被誉为世界的钥匙。"虎鲸有些向往地道，"居住在九街的人中，除了像你们这种因为犯了事情而躲避天庭追捕的散仙外，绝大多数都是为了它来的。"

"钥匙？"

"对。"虎鲸耸耸肩，"不过具体是什么，我也不太清楚，这只是一个传说而已。去那里的人很多，但几千年来还没有任何人反向回来。也不知道是在那边过着新的生活，还是就此殒命了。"

"对面的人看不到这里？"黑无常问，他伸出手，抚摸着阻隔在街道中央的屏障。屏障的温度与空气无异，质感坚硬却又富有弹性。手掌抚在上面，若是不推，甚至都无法感受到它的存在。

他凑前嗅了嗅，屏障上还有着一股奇香，竟让他食欲大增。

就像是……烤得酥脆的乳猪。

"对面的人当然看不到这边。"众人身后有声音响起，"看上去仿佛是一条街延出很远，其实跨过去之后没多远，就是个传送阵而已。"

黑无常一愣，随即猛地回头。白玉拂尘自他的腰间抽出，狠狠一甩，在空中荡出如刀刃般的青色气旋。

四根铁钎旋转着飞出，在空中聚到一起，穿成米字形状。食神伸出手，弹动其中一根。铁钎旋转起来，拉出残影，仿佛一面闪着光芒的铁盾。暴戾的气旋撞在铁盾表面。然后，爆炸开来！

红衫男子被爆炸的冲击波震得向后退了几步。灵气反噬，侵入他的内脏，生生冲得男人吐出一口鲜血。

"唉，老啦，想当初我叱咤地府的时候，可是没有鬼差能拦得住我。"红衫男子擦了擦嘴角的血，拱手作揖，"不愧是她选出来的人，在下食神，请二位无常指教。"

4.

食神真名季攸，原本位列仙班，经过他手的食材，味道都会提升不止一个档次。上至天帝、佛祖，下至普通神卒，凡品尝过他烹制的食物，必交口称赞。

季攸在食物选材上有着近乎偏执的讲究，但成品的极致鲜美却又不仅仅是食材灵气充沛的原因。一分靠水土、二分靠火候、三分靠食材、四分靠境界，这是他的原话。能做出五分的食物，在人间就已经称得上是顶尖的厨艺。

火候二分、食材三分、境界二分，季攸处于七分的水准。虽然未曾达到他自己所言的十分，但在厨艺的范畴内，他已然是最顶尖的大师。

季攸最擅煲汤，千百作料投入锅中，取一瓢水熬制，浓醇却又没有一丝油腻。

"这个世界上，我称自己厨艺第二，没人敢说自己是第一。"

季攸站在了三界厨艺的顶端，但他却仍想更进一步。

七分与八分之间似乎有一条永远无法逾越的鸿沟，他走遍名山大川，游历世界各地，却找不到任何提升的机会。废弃的食材堆成小山，仿佛嘲笑着他的无能。

时间久了，这件事甚至成了他的心病，久久不能释怀。

无数次的挫败没能击垮季攸，却使他意识到自己努力的方向出了错。他开始另辟蹊径，每日端着自己煲的汤，去拜访一位又一位上仙。

那些上仙品过他的汤后，或多或少会指点他一二。半年过去，季攸的厨艺未因此变得更加精湛，反而是法力变得愈来愈强。

　　季攸对此万分无奈，但终究也寻不到方法，只好安慰自己聊胜于无，法术的提升现在用不到，以后却难免有用得到的地方。

5.

　　兜率宫里，食神端着汤锅，前来拜访。

　　"啧啧，好汤，入口滑柔，味道鲜美。"太上老君将汤匙送入嘴中，咂了咂舌，开口赞道，"虽然放入了多种食材，细细品来，却没有任何一种食材的味道被掩盖住，都能清晰地分辨出来。当真是世间绝味！"

　　太上老君回味了一番，如痴如醉。他掏出绸缎绢帕，轻轻擦了擦嘴角，拭去上面沾着的汤汁，定睛看着季攸的脸，突然笑了。

　　"想靠这些收买我？"他丝毫不留情面地拆穿道，"嘿，让我吃人家的嘴软，倒也算有点小九九。"

　　小把戏被拆穿，季攸只觉得一股热气从耳根蹿上脸面。即便面前没有镜子，季攸也能知道自己的脸色一定通红。他把头埋得极低，恨不得钻到地缝里去。

　　"不过汤倒是的确好喝，让人流连。这么强的厨艺，若是有进境的机会却因我错过，那才真是有些可惜了。"太上老君摆了摆手，沉思了一下，开口问道，"小子，不知道你听说过忘川没有？"

季攸闻言大喜，急忙单膝跪下，点了点头："当然听说过，只不过那里深处地府、路途遥远，还未曾有机会见识。不过为了厨艺的精进，再大的困难我也无所畏惧，还请前辈赐教！"

太上老君却是摇了摇头："怕只怕，这困难你未必渡得过去。不过你如果愿意承担后果，就去看看吧，忘川的水很不错。那里有些东西本不该你接触，但事已至此，也未尝不是缘分。"

"还有这汤，是真的好喝。"太上老君笑着道，"若厨艺能够再进一步，以后要记得常送来。"

季攸愣了一下，抬起头，眸子倏然亮了。他道过谢，急忙回到食神殿，取了储水盒，直奔忘川。

那天风很大。

忘川旁边是一条奔流的河，河水被风吹动，翻滚汹涌。季攸小跑着，身穿的红色长衫被风吹得猎猎作响。

河边是如茵的草甸，几朵含苞的花蕾似欲燃的火焰，星星点点落在上面。一块青石立在河边，不时被浪涛拍打。

季攸穿过草甸，站在岸上，伸手取了一瓢河水。那河水冰冷刺骨，水温明显已经在冰点之下，也不知因何缘故没有凝结成冰。光照在上面直接透射到底，如果不是翻腾着的浪花显出白色，甚至无法觉察水流的存在。

季攸顺着水流眺目望去，下游的河水却明显与上游有着差异。仅仅两三百米的距离间，水质变得褐黄浓稠，甚至还能隐隐约约看见各种蛇蝎毒虫在水面沉浮。季攸仔细瞧了几番，也没看出个究竟。

他低下头，再看手中的水，尽管仍是清澈见底，他心里却莫名生出了一些抵触。

"喊，我怎么变得这么优柔寡断？能否饮用，一试不就知道了吗？"季攸自嘲道。他摇头，甩脱多余的想法，深吸口气，端起盛满忘川河水的水瓢，向嘴边递去。

"慢着！"清脆的女声响起。

季攸回头，一道青光直射而来，擦过他的脸颊，撞在瓢上，将其炸得粉碎。

一身紫色纱衣的女孩大步流星地向他走来。

狂风吹得她的长发扬起，她踏过的地方，赤色的彼岸花皆尽绽放。

6.

很多年后，季攸回忆起当时的情景，仍然如痴如醉。如果要用一个词来形容那一瞬间他的感觉，那就是惊艳。

季攸真的被惊艳到了，他呆呆地看着女孩走向他的倩影，一时不知道该说什么。

女孩站到季攸的面前，九泉石甬昏黄的灯光衬得她面容不清，河水冲刷的声音充斥了整个世界。

时间仿佛在这一刻停止。

"喂！"女孩开口，声音有些娇蛮，"你是哪儿来的小神仙？忘川河水也想尝？"

季攸挑了挑眉，一丝傲气也不由得涨了起来。他一甩衣袖，合手作揖："勺掌百味、火灼千秋，食神殿季攸是也。"

女孩一愣，明显没料到面前的男人居然还有名有号。

她想了想，急忙端了个礼，细声回道："望乡台孟婆。"

然后她眨了眨月牙似的眼睛，扑哧一笑。

"你笑什么？"季攸突然有些窘迫，"是我哪句话说错了吗？"

"笑你可爱。"孟婆扬了扬好看的眉毛，"明明来这儿是要偷水，还摆出一副正气凛然的模样。"

"不过，"孟婆话锋一转，表情又变得严肃起来，"这里的所有东西，你随意参观，但这忘川河中的水，确确实实不能让你喝。"

"为什么？"季攸疑惑道。

孟婆调皮地跳到青石之上，揽裙坐下，笑道："亏你位列仙班呢，也不知道是不是真的，三界人人都知道的事情，你却不知道。"

"这忘川河中的水呀，喝了就会失去记忆。无论神仙还是凡人，都无法逃脱。"孟婆的小脚丫一悠一悠敲着青石，解释道，"或许法力较强抑或掌握什么压制之术的人，会有些抵抗能力，但也不会太强。而凡是死去的普通人，都会在投胎之前先饮下河水，忘却前世，才能过那奈何桥。"

"若是不饮呢？"

"堕入河中。"孟婆伸出手，指向那充满毒虫的浑黄的水域，"看到那里没？不知沉淀了多少冤魂了。"

季攸摇摇头，叹了口气，没再搭话。他揉着眉头，在草甸上踱步，手指间不时闪过火光。

孟婆倒是没赶季攸走，只是饶有兴趣地撑着下巴，观察着季攸的一举一动。

约莫过了半炷香的工夫，季攸突然站定，他斟酌一下语句，然后开口："孟婆小姐……"

"叫我孟婆就好。"

"好，孟婆，我有一事相求。本想找些借口，却不忍心骗你，最终还是决定直说。"

"什么事？"孟婆的眼睛一眨一眨。

"我想取忘川河水做汤。"季攸道，"这可能是我一生中厨艺进境所剩的唯一机会，我不想放弃。你可以用烧出来的汤代替忘川河水，赐予过桥人，也好方便我测试，加什么作料才能抵消失忆的效果。"

"不行不行！"孟婆刚听了一半的计划，就连忙摆手，"这可是违了天条的！"

季攸正看着酆都的牌匾，听后失望地叹了口气，仿佛泄了气的皮球。

孟婆狡黠地露出小虎牙，道："不过嘛，这忘川寂寞得很，如果你能常来陪我，我也不是不能通融。"

"可以的！"季攸急忙答应，生怕孟婆反悔。

"一言为定？"孟婆伸出小指。

"一言为定！"

7.

从那天开始，每天清晨季攸都会端着一大锅汤去见孟婆，两人很快便熟悉了起来。

孟婆时常给季攸讲奈何桥边的故事。

她说自己曾坐过的那块青石，名曰三生石，记载了人们的前世今生。每隔一段时间，就会有几个鬼魂死活不想投胎，在石边痛哭。

"不喝汤其实也能轮回，不过要在那忘川河中受苦十世。"孟婆道。

有的人一冲动，就掀翻瓷碗，跃入河中。忘川河里尽是为情所困的人。他们沉在水底，被无数毒虫撕咬，只是为了不忘记爱人。他们眼睁睁看着自己爱的人一次又一次饮下忘川河水，穿过奈何桥，经历着轮回。

可这些痴情的人却未必想过，为何河底始终只有自己。

"何必呢？"孟婆总是讲着讲着就有些抽噎，然后扯来季攸的长衫

124

擦泪。

季攸就笑她太感性。

偶尔也有鬼魂闹事。原本都是喊鬼差来镇压，但鬼差也忙得紧。若是闹得大了，非要掀翻几张桌子才能解决。现在有了季攸常驻，方便了许多。

闹事？那就抓来炖了。鬼魂在锅中被榨取灵力的过程极其痛苦，扭曲翻腾，哀号不绝。这时之前叉着腰说着"大快人心"的孟婆，又会泪汪汪地求季攸放过他们。

同样的事情有过几次后，孟婆的声望竟是越来越高。

时间一长，季攸发现自己居然开始不太执念于厨艺的进阶了。与孟婆在一起的时间已经远远超过了他琢磨厨艺的时间。他想起太上老君那时的表情，不禁恨得牙根痒痒。

"老狐狸，毁我道心。"他暗骂，随即又笑，"下次给你送汤的时候多加点珍藏的料吧。"

那天清晨，季攸到达忘川的时候，孟婆正在河边取土。

季攸问："你这是做什么？"

孟婆笑嘻嘻地擦了擦汗："受你不少恩惠，烧口砂锅送给你。"

那个笑容灿烂无比，如同初阳的霞光，晃花了季攸的眼睛。

他呆住了，双目直直盯着孟婆的脸。他看见她额头上的泥渍，看见她鬓角的汗珠，看见她澄澈的眸子，看见她粉色的唇。这一刻的孟婆美得惊人，季攸一丝视线都不敢移开，生怕错过任何细节。

孟婆被盯得不好意思，小脸涨得通红。

"沦陷了。"

这是季攸脑海中的唯一想法。

他扔下了手中的汤锅，向孟婆走去，浓汤洒了一地，溅湿了他的长衫。

"喂！"孟婆被吓了一跳，开口叫道，"你……"

然后被封住了双唇。

8.

"食神大人！"

伴随着无常慌张的声音，门被猛地撞开。季攸手一抖，瓷勺落在了地上，摔个粉碎。

"快……快……"

"门口挂的'非请勿入'的牌子，你看不见吗？"季攸愤怒地转身，一把拽住了无常的衣襟，将他剩下的半句话扼进肚子，"给我个解释！"

只是这么一停，汤的品质便会跌落不少。季攸的力气大得惊人，显然是动了真怒。

"天兵……抓了……孟婆小姐……她说……她会拖住……让你快走……"无常被勒得喘不过气，一边打着手势，一边断断续续地焦急道。

季攸一怔，将其松开。那无常后退数步，在墙角站定。

"为什么？"

"私取忘川河水。那河水里藏着天帝操控六道的秘密，除了孟婆小姐被天帝控了命格，禁锢在那里，那水就连阎王大人也是不能碰的。"

季攸愣住了。

"不行不行！这可是违了天条的！"孟婆狡黠的笑容在季攸脑海中闪过，仍清晰可见，"不过嘛……如果你能常来陪我，我也不是不能通融。"

刚刚的瞬间，季攸在脑海中筛选了无数原因，却没料到取那河水，居然真的是违了天条。

"她为什么不说清……"季攸喃喃，双目失神。触犯天条是极大的罪责，孟婆，甚至是他，都远远承受不起。

锅中浓汤沸腾，不住翻滚，从锅中溢出。汤汁滴落在灶火之上，发出汽化的嗞嗞声响。焦煳味道弥漫开来，这是这间屋子中从未有过的气味。

墙边的无常身形低伏，单膝跪在了地上。他的头深深垂下，道："请食神大人速走，不要辜负了孟婆小姐！"

季攸没有接话，摇了摇头。

他转身回到灶前，将火熄了，又把砂锅的盖子扣上，有条不紊地整理了全部厨具，一样一样按照次序摆好。

"食神大人！"无常见他没什么反应，不由得急得又叫了一声。

　　季攸将自己常穿的红色长衫拎起一抖，披上，蹲伏下来，从灶台边的柜子中取出一个镂花木箱。

　　箱子打开，一抹刺目的红色绽放。

　　季攸探手进去，抽出来一把赤色长刀。无常只是余光一扫，便再也移不开视线。那刀身不知是由什么晶石打磨而成，通透玲珑，仿佛要将人的魂魄都吸进去。

　　季攸舞了个刀花，将其横在眼前，伸出另一只手，屈指一弹。

　　烈焰从刀尖猛地蹿出，向上延伸，最后包裹了整把长刀。

　　"走。"季攸道，火光从他双眸中映出。

　　"啊？"无常一愣，没反应过来。

　　"去忘川。"

　　季攸冷言道，倒拖着长刀，一步一步向着门外走去。刀刃划过的地面腾起火苗，向外席卷而去，如同狂澜。

　　从灶膛起，一直延伸到食神殿门口，一道由火焰铺成的路，在季攸身后形成。殿内火光冲天，木制的柱子被烧得焦黑，噼啪作响。

　　季攸踏出殿门，回身一叹，将长刀举起，狠狠劈了下去。

　　狂暴的烈焰吞噬了玉帝题字的牌匾。

　　那一天，三界六道都看见了天空中的那道流星。

9.

季攸到忘川的时候，无数等待投胎的鬼魂拥堵在奈何桥前。

河水仍如过去一般奔腾，不时拍打着三生石。

天兵似乎已经走了，只剩下无数鬼差站在桥前。判官打头，他的面前是跪坐在地上的孟婆。她披散着长发，盯着地面，嘴里不知嘟囔着什么。

空气中夹杂了一丝炎热。季攸抬步，踏上了黄泉。

彼岸花从季攸的足印处钻出、绽放，转眼间又被灼成黑炭，随着风扬起。鬼魂禁不住炙烤，尖叫着四散躲开。

青石熔化，凝成琉璃，溢着华彩。

"你是谁？！"判官转身，防备地展开生死簿，提起笔，指向季攸。

"季攸。"季攸轻声说出自己的名字，然后右足倏然前踏，脚印深陷，震出了遍地裂痕。

他浑身绷紧、舒展，瞬息之间，手中长刀携着烈焰狂暴地斩下！

判官难以置信地瞪大双眼，下意识抬手抵挡。一道流焰燎燃了笔尖的毫，顺势蛇缠而上，如一条赤色的小龙，吞吐火焰。

判官咬牙，弃了笔，将衣袖扯下，疾速后撤。

仅是眨眼间，二人便互喂数招。热浪席卷了整个忘川，草甸上的水露被蒸干，雾气缭绕下，露出道道龟裂。

判官突然嗅到一股浓郁的香气。

季攸欺身而上，长刀凶狠地贯入判官的胸膛，从他的后背穿出。

"我是魂体，你杀不死我。"判官嗤笑，接着瞬间变了脸色，目眦欲裂。

刀身烈焰翻卷，将其包裹其中！

季攸将刀抽出，穿过火幕。

看见无数鬼差颤抖着举起兵器，他不屑地甩开长刀，烈焰如鞭飞舞。

一往无前！

10.

冰冷的地府，几万年来第一次充斥着高温。气浪翻滚，在未来得及逃跑的鬼差身上扯下一缕缕灵魂，轻卷着吸入刀中。

晶莹通透的长刀，在吸收了众多灵魂后，竟开始震颤，仿佛有什么被封印的东西即将苏醒。

季攸死死握住刀，血液从他的虎口涌出，被火焰灼成血雾。

偌大的地府，竟是无人能拦下季攸。

他再次挥刀后，面前已经不再有敌人。

"孟婆。"

季攸轻轻出声。

孟婆抬头，嘴中仍嘟囔着，眼神茫然无措。

季攸将长刀插在地上，蹲下身子，贴近孟婆，终于听清了她一直嘟囔的是什么。

她说，你做到了。

孟婆张开了一直死死握着的拳头，一枚袖珍的砂锅在她手心呈现。砂锅上绘满图腾，不时明灭。

季攸将其接过，小心收好。然后左手环颈，右手环膝，把孟婆抱起。

"孟婆，我们走。"

孟婆任由他抱起，如若无骨，动作上没有丝毫回应，只是一遍又一遍地念叨着，你做到了。

"你做到了……

"你做到了……

"你做到了……"

一道惊雷自天边炸响，昏黄的天空更显阴暗。季攸的发髻不知什么时候散开，青丝在狂风中乱舞。

"季攸！"

洪钟般的声音震彻忘川。

"不要怕。"季攸没有回头，他颔首，声音温柔，"我一定带你出去。"

闪电自天边飞射而出，道道炫目，直向季攸。雷霆在季攸后背炸开，爆射出朵朵电花。

季攸浑身一颤，继续向前。

"这蠢女人为了保你，喝了忘川河水做的汤，抹去了记忆，我还正愁寻不到始作俑者。"一道人影踏着云出来，扬声叫道，"季攸啊季攸，没想到，你居然自投罗网了。"

你做到了。

季攸突然明白了这四个字的意思。

忘川河水果然有效，孟婆以她的记忆为代价，验证了汤品层次的提高。

她始终记得季攸的执念，即便是忘记了一切，仍不忘告诉季攸，你做到了。

"可我的执念，早就不再是厨艺了啊。"季攸的眼泪滚滚而出，落在地上，激起彼岸花烧尽后的灰尘。

"而是你啊！！"

"季攸，还不快束手就擒？"一众金甲的天兵拦在季攸身前。

插在地上的长刀疯狂地震颤，表面布满了裂痕。

"你拦得住我吗？"季攸双目通红。他的声音刚落，速度便猛然提升。

与此同时，刀碎了！

"拦住他！！"

碎裂的刀中，逸散出狂暴的高温。金色的光绽放出来，充满了所有人的视野。

季攸眼前一片花白。他不断冲锋，血管因过大的压力爆开，鲜血混着汗液流遍全身。

光芒扩散到极致的一瞬，开始不断收缩，眨眼间，凝聚成一点，落在季攸的胸口。

他松手，放下了孟婆。

金色的烈焰从他的胸口蔓延，包裹他的全身。季攸冲天而起，流焰拉长，仿佛金色的巨龙。

"一言为定？"

季攸在空中，伸出了小指。

"对不起，我食言了。"

无数仙家法宝飞向季攸，他朗声大笑，张开了双臂。

"来吧。"他道，"天庭的枷锁束缚了无数年，该有人动一动了。"

"就让我第一个因此而死！"

烈焰暴涨，如阳光般普照。

11.

"我战死了，一身法力消失殆尽。"季攸一边说着，一边打开了砂锅，"所幸的是，太上老君保住了我的灵魂，我来到这里具体有多久，早已记不清了。"

他盛出五碗汤摆在桌上，香气四溢。

"喏，我的手艺可不是谁都能尝到的。"

黑无常端起了碗，轻轻啜饮。汤汁碰触舌头的瞬间，他浑身一颤。

"怎么了？！"白无常立刻站了起来，手抚上了腰间的兵器。

"我靠！真好喝！"

季攸笑得眼睛眯成了缝，白无常狠狠瞪了黑无常一眼，尴尬地坐下。

"火候二分、食材一分、境界四分。"季攸语气颇为自豪，"这是七分的水准，在人间，不会有人比我更高。"

"那孟婆汤……"虎鲸放下碗，欲言又止。

"啊，你说那个啊。"季攸道，语气变得温柔，"它于我来说，已经不仅仅是食物了，更多的，是一种信念吧。"

"当然，从食物的角度来说，八分——

"我做到了。"

无常店
WU CHANG DIAN

⑦ 青狐

他俯身、弹跃，

抬爪挥下。

利爪划过空气，

留下一道赤色火痕，

狠狠地拍在囚笼上。

1.

　　一碗汤尽，黑无常咂了咂嘴，眼神飘忽到季攸身上。

　　食神感应目光，抬头一笑，和黑无常对视，道："我这小锅，一次可就只能熬出这些了，想喝也要等到明天。今日再多一滴，味道都会大减，我可不愿堕了我食神的名声。"

　　黑无常苦笑一声，摇摇头："我长得就这么像个贪吃之徒？"

　　"哦？"季攸眼睛一眯，坐正了身子，"那你是要什么？"

　　"这……"黑无常有些支吾。

　　"怎么？"季攸的手指摩挲着椅子的扶手，"莫非是有什么难言之隐？"

　　黑无常叹了口气，从桌前起身，踱着步子在屋中绕行。这步法是一位前辈所传，双足落点暗合天道，颇有讲究，是静心的不二法门。只是今天不知怎么，踱了一圈又一圈，却是没有一丝效果。

季攸心思玲珑，趁着黑无常踱步的光景，就已经把他心中积压的问题猜出了十之八九。

"你在逃避什么呢？"季攸的声音不大，刚刚好传入黑无常耳中。

黑无常足下一顿，似是下了决心。他走到窗前，猛地一推。月光下，是影影绰绰的斑驳树影。

"我要这堵无形之墙后面的秘密。"黑无常一字一句，"有关'世界的钥匙'。"

"你的胃口倒是不小。"季攸被黑无常的话震了一下，随即摇头苦笑，"世界的钥匙？你都不知道那东西到底是什么，就妄图得到？"

"但我知道那东西能带给我什么。"月光洒在黑无常的脸上，清晰地勾勒出坚毅的棱角，"要不然你以为我为什么要到这个鬼地方来？"

白无常猛地转头，诧异地看向黑无常："你是故意到这里来的？那你之前和我说的……"

"我骗了你。"黑无常微微颔首，抱歉道，"不得已的。"

然后他转向季攸，一字一句道：

"我势在必得。"

此话一出，整间屋子的温度瞬间降了下来，虎鲸打了个冷战，只觉一股恶寒从脚底漫上头顶，只是瞬间，体内真气便震荡不止。

虎鲸座下的椅子发出一声裂响，猛然炸开。此时此刻，他竟是压制不住自己的修为！

危险的气息在几秒内便充斥了这间小屋。

无论是食神季攸，还是黑白无常，脸色都沉了下来。

"管理员回来了。"季攸费尽力气，将这句话从牙缝里挤出，"你的宣言确实很有气势，看来他们注意到了。"

仿佛庞大的射灯扫过，四位管理员的灵觉与另一种不知何物散发出的庞大力量合为一束，铺天盖地而来。这股灵觉浩瀚如海，使人完全生不起反抗的心思。

灵觉仅仅是一扫而过，黑白无常等人却是要激发出最强的力量才能堪堪抵挡住。

待其缓缓收回，众人的衣衫早已被冷汗打湿。

"好雄浑的灵力。"黑无常脸上的惊悸还未完全退去，他扶着窗台，几欲摔倒。此时的他失魂落魄，已然没有了刚刚的气势。

"季先生，这屋中数你修炼最久，你也曾位列仙班。这些管理员和你巅峰时期相比，如何？"白无常出声问道。

"刚刚的那股灵力，其中大部分是借助了九街本源的力量。但即便刨除这些外援，三人以下，或许还能拼个平手，四人合力，我是不如的。"

黑白无常对视一眼，不禁动容。

"怎么样，你现在还想要取得什么'世界的钥匙'吗？"季攸笑道，声音里有些戏谑。

黑无常先是摇了摇头，又点了点头，最终无奈地叹了口气。他这才意识到自己刚刚的想法终归是有些天真了。不要说在墙后取到"世界的钥匙"，即便是在墙内，管理员这关，他也未必能过得去。

"其实不只是你，就连我也曾想过依靠'世界的钥匙'，恢复法力，甚至更进一步。"季攸缓缓说道，"来这条九街的人，都有自己的故事、自己的执念。待得久的人，哪有不想去墙后世界转一转的呢？可即便是天庭的上仙，也不曾征服那里。一方面是那世界钥匙的传言尚无定论，另一方面，就是那里实在太过凶险。"

"想要达到那种地步，除非……"季攸说到一半摇了摇头，"管理员的阻挠倒不是问题，关键是……可遇不可求啊。"

季攸身侧突然发出一道噼啪声响。这声响细不可闻，但传到季攸耳中，却仿若雷霆！

"这是……"季攸浑身一震，双眼怒睁，望向声音的源头。

"怎么会在这个时候……"

季攸猛地翻身上桌，粗糙的手掌印在桌面，道道紫气弥漫开来。

一切在瞬息发生，所有人都还处于一头雾水的状态时，季攸便已经连出四掌。紫色的掌印悬浮空中，化为龙形，咆哮坠落。

"帮忙！！"季攸吼道。

紫气散出去，环绕包裹的，赫然是青狐。

白焰自青狐的皮毛之下涌出，和紫气缠绕在一起，撕咬吞噬。白焰的边缘有极小的白色弹丸不时凝出，在空中飘浮、炸裂。噼啪声响就是源自这里。

黑无常放出灵觉，不禁瞳孔一缩。青狐体内翻滚着一股狂暴失控的能量，强度甚至仅次于刚刚管理员放出的能量之和。

而令黑无常心悸的是，这股能量转眼间便要喷薄而出！

"他要开启灵态了！务必要撑到管理员走远！否则咱们几个今天都要死在这里！"

"灵态？"黑无常扬声询问，手上飘起朵朵赤色冥花，"那是什么，和管理员又有什么关系？"

"之后解释！"季攸左手一扬，巨大的砂锅飞来，在青狐头顶缓缓旋转，洒下道道金色。

白无常的手中则飘出白色的冥花，两种不同色彩的冥花接触在一起，炸成一抹抹云雾，若即若离。砂锅洒下的金色碎尘附在缭绕的云雾上，转眼间三色凝结，化为一股绳索，勒住了青狐的四肢。

"虎鲸！去找方唐！"汗水从季攸额头渗出，在颈间汇聚，汩汩流下，"我对灵态研究不深，撑不了太久。只有他才能长时间镇住这只小狐狸。不管他提什么要求，都先答应下来！"

"可我他妈不认识方唐！"虎鲸急躁地喊道。

"碎星剑，他负着一把碎星剑！"

门被人推开，一身蓑笠的青年站在门口，身后古剑星辰散落。

他微微一笑。

"我听到有人叫我的名字。"

2.

方唐摘下遮住半边脸庞的草帽，放在桌上。一头长发随着屋中的气浪飘飞摇坠。

"我以为他们刚刚才处理完封门的事宜，已经筋疲力尽了。"方唐的声音微不可闻，"没想到竟然仍能逼到这只小狐狸不得不开启灵态。"

"管理员的实力还是这么强。"他微微偏头，看着青狐开始泛起银辉的皮毛，挑了挑眉，"这种情况下开启灵态，也不知你究竟算是幸运还是不幸。"

"不要在乎那些有的没的了！"季攸手腕翻转，把光索收得更紧一些，"既然来了，就搭把手。管理员还没回去，被发现了意味着什么，你是知道的。"

方唐摆了摆手，看都没看季攸一眼，反倒是上下扫视着二位无常，点了点头："原来是黑白无常二位大人。"

那目光中饱含深意，黑无常被看得心里一虚。

"既然如此，在下就助你们一臂之力。"方唐微微鞠了一躬，"只希望二位大人能承在下这份情，以后在下有求于你们时，也能行些举手之劳。"

黑无常连忙应道："这是一定。"

方唐神秘地笑了笑，自怀中抽出一根金色发带，将长发束起。踏前一步，右手张开。

点点星辰在他手心旋转，如同夏日银河，跃动着微弱却醒目的光芒。

"开！"

银河凝了一瞬，然后在屋内炸开。

强光四射，冲出屋子，散得到处一片花白。

强光中，方唐的剪影微微一震。

"收！"他道。

他背后的古剑开始疯狂震颤起来，仿佛活物，想要冲破剑鞘的牢笼。周边空气开始扭曲，似有无形的火焰缭绕。

一颗颗汗珠在方唐脑门出现，滑落下来。他咬牙，猛然怒吼一声，身上蓑笠炸开。气浪在他脚下呈环状爆出，强光一顿，急速收缩，最终化为囚笼，将青狐罩入。

虽然只有几个动作，方唐却几乎耗尽了能量。他向后退了两步，萎靡地靠在书架上。

囚笼旋转着，不断震颤。小狐狸撕裂了身边的冥花与紫气后，便无力可使，被困入其中。

"暂时应该是没事了。"方唐道，"只是这只小狐狸开启灵态后的实力不弱，这囚笼困不了他太久。找到突破方法的时刻可能在几天后，也可能就在下一秒，我无法保证。"

黑无常皱起了眉头："灵态……为什么会变成这样？"

方唐看着在囚笼中不断跳跃着想要脱困的小狐狸，叹了口气，开口问道："你们说，什么是世界的真实？"

众人没想到方唐会问出这个问题，皆愣了一下。

唯有季攸苦笑着摇头。

"这个世界上的生物，无论以什么方式生存着，终归还是要遵循宇宙的法则。"方唐拉过一把椅子，坐了下来，"你是阴差，自然知道这根本不是什么玄学。"

"人类之所以畏惧神仙妖魔，说到底只不过是畏惧未知，而所谓的神仙妖魔，也不过是与人类同时存在于此星球的另一个发展方向的种族而已。若非要说法术更强，现代科技发展后，你见到过几次兴风作浪的妖魔？"

"科技爆炸带来的结局是人类已经掌握了能量与物质置换的方法。"方唐一字一句道，"你真当大罗金仙就不畏惧核武器吗？"

黑无常呆了好一会儿，才缓缓地点了点头："确实如此。"

什么是智慧？

从科学的角度来说，这是大脑中无数的神经元、无数化学物质集合在一起的共鸣与反应。

它使生物获得思考的能力，并授其生存的手段，赠予其探索的欲望，使其操控自我，以达成生存延续的终极目的。

从理论上来说，无论是仙家法术，还是特异功能，究其根本，必然遵从于科学。魔法、武功、炼金术、巫术、仙术，一切能够存在于宇宙内的能力，一定受限于物理定律。所谓玄学，也仅仅是现有科学未触及的一片荒原而已。

但它并不脱离于科学。

灵态，便是智慧延伸的另一条道路。肉体受限于物质，但能量不会。

"武功分内家外家，仙术也分修真炼体，一个偏向于控制能量，另一个则偏向于控制物质，殊途同归。"方唐指尖蹿出一点小小的火苗，他打了个响指，火苗化为一颗指甲大小的橙色晶石，"在人类掌握物质化为能量的方法的同时，仙、妖、魔这些其他发展方向的物种，也掌握了能量化为物质的方法。"

"汲取自然中的能量，加之于己身，提升武力，然后输出。"方唐手中的晶石燃烧起来，"这就是灵态。"

"你我自身这么单薄的肉体，能承受的自然力量其实很少。即便如此，我们也可以借助灵态提升数倍乃至数十倍的力量。"方唐轻声道，面带憧憬，"天地间这么浩大的能量，能带来什么，不用我解释了吧？据说所谓'世界的钥匙'，就是将自然中的能量完美应用，而不拘束于肉体的限制，乃至将能量转换为物质武器的技术。"

"也可以称之为仙魔两道的'核武器'。"

众人低呼出声。

"其实在很久以前，我就已经很想去那里见识见识了。"方唐抬起手，指向那堵无形之墙，"只是胆怯而已。"

"一穷二白时能奋力去拼，拥有了一些底牌后反而畏首畏尾。"方唐自嘲地笑笑，"这也算是一种讽刺吧。"

"胆怯？"黑无常疑惑，"你的能力即便在仙界也不俗了，不说是顶尖，但也属第一层次。这世间比你更强的人固然很多，但总不至于……"

"比那里，还是差一点。"方唐语气淡漠地打断，"千万年来，每个月都会有人前去寻找所谓'世界的钥匙'，真正回来的，也不过是四个管理员而已。而他们四个回来的时候，一身法力尽失，全身的骨头被人捏了个粉碎。"

"这么惨？"黑无常瞪大了眼睛。

"你以为刚刚那股灵觉就是管理员的真实实力了吗？当初的他们可

是每个人都开启了灵态。去了一次后，却连灵态的根都断了，据说再也没有机会开启。"方唐轻笑一声，用下巴点了点囚笼，"对比一下这只小狐狸失控前后的能力吧。"

轰！

囚笼猛的一声爆鸣，大地一震，在地上的青砖上留下几道裂痕。

青狐目透金光，浑身的毛发如银色的焰火般绽放。它身后甩出七条长尾，每次跃动，都会抖落细碎的银屑，银屑穿过囚笼的光栅，落在地上，将青砖销蚀。

他俯身、弹跃，抬爪挥下。利爪划过空气，留下一道赤色火痕，狠狠地拍在囚笼上。撞击点如陨星坠落般爆出一团不规则的白色光膜，蔓延开来。一丝红线沿着光栅流动，冲击地面，震飞一片碎石。

刚才的爆鸣，显然也是如此而来。

青狐回身一翻，又狂冲而来，一爪劈在还未褪尽的光膜之上，留下长长的爪印。

"这么快？！"方唐瞳孔一缩，不顾疲惫，站起身子。他肩膀一抖，把背后的古剑甩到身前。双手旋转，一只握紧剑鞘，一只握紧剑柄，平横眸前。

青狐落地，低伏身躯，身后甩出七条银尾。

"诸位，今天算是走背运了。"方唐道，望了一眼黑白无常，"二位的朋友不简单啊，竟然是一只七尾狐。"

青狐找到了脱身的方法，在笼中跳跃得愈来愈快。爆鸣声不绝于耳，地面不断震动，蔓延出一片龟裂。

又一次撞击后，爆鸣声中夹杂了一点仿佛玻璃破碎的声音。

光膜在囚笼内炸开，消失殆尽。

青狐回跃，仰头发出一声长啸，前爪凶狠劈下。这次锋利的指甲却是终于接触到了光栅。

光栅仿佛烈火中熔化的陶瓷，被青狐的指甲拉出数条长丝。暗淡的抓痕留在上面，格外醒目。

方唐暴喝一声，奋力抽剑。仿佛有一块超强磁铁于剑鞘与剑柄中间，他拼尽全力，也只将剑拉开一丝。

一丝就够了！

湛蓝的星光从这一丝剑刃中暴射出去，弥漫屋中，四周皆是无尽的夜空。

"别傻站着，我坚持不了太久！"

黑无常第一个反应过来，束魂锁从袖中甩出，环绕囚笼。彼岸花自指尖开放，顺着锁链前行，似流火，似长龙，撞在囚笼之上，化为红色的流光。

一时间，屋内众人均是出了全力。

囚笼震了一下，在空中猛然上升，然后缩紧。青狐的四肢探出囚笼，被牢牢卡住。

"妈的，这个什么灵态什么时候结束？"黑无常抽回手，擦了一把汗，大声问道，"他能汲取自然中的能量，可我的能量是有限的！"

说着，黑无常回头望了一眼，方唐苦笑着，摇了摇头。

"什么时候结束，全靠他自己的意志。"

3.

"好痛。"

小狐狸扭着身子，奋力去舔舐伤口。那里插着一支附了魔的木箭，深入肌肉，刚刚好卡在两根骨头中间，散发着麻痹动作的毒。

这是他第一次单独狩猎，目标是山下村子的牲畜。这几乎称得上是最简单的狩猎，不要说是他的族群，即便是对于一只毫无法力与灵智的普通狐狸来说，也不算什么太难的事情。

下山之前，小狐狸也是这么想的。

出师未捷，小狐狸在回山路上遭遇伏击，被一箭射中。刚刚猎到食物，自己又变成了猎物。

猎妖师，一群打着匡扶正义的旗号、实则依靠猎妖发财的人。他们各有神通，冷面无情，凡妖出现，总能凭借各种方法嗅到其踪迹，施以猎杀。

小狐狸便正受其追捕。

他此时已逃亡了数十里。以他的速度竟然没有甩开追捕，与猎妖师之间的距离也越来越近。

小狐狸向树林另一边观望几眼，皱了皱鼻子。风送来了生人的气息，这是速逃的警告。

他下了狠心，一口咬在箭上，用力将其拽下。刻了血槽的箭头摩擦骨头，发出令人牙酸的声响，带下一片血肉。

小狐狸因脱力而摔倒，几乎疼晕过去。沙沙的脚步声距他越来越近，他一咬牙，强忍疼痛，站了起来，疯狂地向远处跑去。他期待着能躲过猎妖师的追杀，但伤口牵绊以及大量失血，导致他的动作越来越迟缓。

路过一块青石时，他再次跌倒，一阵眩晕。

血迹从远方延伸到青石边，散发着微微的荧光。对于任何一个稍微有点经验的猎妖师来说，这都是极其明显的路标。

"不要跑了，你根本不可能逃脱我的追捕。"猎妖师的声音从不远处的树丛中传来，"现在停下，我或许还能让你死得痛快点。你逃得越远，我心中就越是不耐烦，被我捕到后受罪的时候，可不要后悔。"

小狐狸拖着伤腿，朝着远离猎妖师的方向逃去。

只要被逮到，无论如何都是死路一条。最后时刻前，但凡有一线生机，他都要去尝试。

一声冷哼响起。

猎妖师左手打了几个结印，然后将木杖顿在地上。片片落叶被震飞，绿色的光环自他脚下蔓延出去。

一瞬间，地上每滴被光环扫过的血液，都大绽光芒。

"找到你了。"猎妖师冷冷道，抬手甩出一道符咒。

符咒在空中燃烧起来，画出一道抛物线，落在小狐狸身边，将其炸飞出去。猎妖师抬步，向着小狐狸所在的方向走去。他脚掌每次落下，踏碎叶子的声音，都仿佛是催命的音符。

"拼了。"小狐狸想道，他转身，向声源处龇出了利齿。

一双温柔却有力的手掌捏住他的前肢，将他提起。

4.

"不应该啊。"猎妖师悻悻地放下手中的几张符纸，皱起眉头。他追了一只小狐狸许久，甚至不惜耗费了一张好不容易才炼成的搜寻符。

可他的面前却只有一摊血液，本该在这儿的小狐狸，却不翼而飞。

"狡猾的小畜生。"猎妖师啐了一口唾沫，"血液明明一直流到这里……"

"嘘！"

树上，女孩左手环着树枝，紧紧抱着小狐狸，右手捏住他的嘴，阻止其发声。

小狐狸挣扎着，想从其怀中脱出。树叶被二人震得沙沙直响，要不是有风掩护，只怕他俩早就被发现了。

女孩一口咬在小狐狸耳朵上，放低声音："我是来帮你的，你乱动什么？！那个死老头还没走，你想害死我吗？"

小狐狸努力偏了偏脖子，视线穿过树叶的间隙，看到了树下的身影。他眼里噙着泪，哼唧一声，不再扭动。

猎妖师不死心地搜寻一番，半炷香的时间转瞬即逝。他终于还是没能找到小狐狸的踪迹，只好转身离开。

待其走远，女孩长舒一口气，撒开了手。

"你压到我伤口了！"小狐狸委屈地抽回后腿。

那里有一道极深的伤口，皮肉外翻，血液汩汩涌出。显然，小狐狸刚刚的挣扎原因在此。

"呀！"女孩轻呼一声，"你竟然伤得这么重，怎么不早跟我说？！"

小狐狸翻了个白眼，心说刚才不知道是谁堵着我的嘴，我想稍微换个姿势，避开伤口都不行。

女孩低头思索了几秒，眼睛倏然一亮。

"等我一下哦。"女孩拍了拍小狐狸的头，把他放在安全的地方，然后自树上纵身跃下。

轻盈得如同一只燕子。

"身手倒是挺灵巧……"小狐狸撇了撇嘴，"就是脑子有点笨。"

他无聊地趴在树枝上，望着天空，后腿隐隐作痛。阳光穿过树荫，洒在他的背上，使他稍感温暖。

"不过……还是要谢谢你救了我呢。"

5.

不多时，女孩抓着一把叶子回来了。她攀上树，坐在小狐狸身旁，从腰间的口袋里取出一把金色的剪子。

"忍着点痛。"

女孩手指飞舞，几下便剪掉了被剧毒腐蚀过的血肉，手法娴熟，甚至不亚于医师。她一边挤着毒血，一边把叶子塞到嘴中嚼碎，最后敷在伤口之上。

"暂时就不要活动了，你的伤起码要一个多月才能完全康复。"女孩擦了擦额头的汗，抽出一条丝巾缠在小狐狸的后腿上，粲然一笑。

"一个月？"小狐狸略微吃惊，"这么久？"

女孩摊手，无奈道："你以为呢？被人射到半残，又中了毒，即便你的身体素质远超常人，这样的伤势也不可能几天就恢复。"

"我猜你大概被他追杀了很远吧？"沉默了一会儿，女孩又开口问道。

小狐狸点了点头。

"短时间内，就不要想着回家了。"女孩道，"山路难行，在身体没完全恢复的情况下贸然赶路，速度慢不说，还可能会留下隐疾，影响你以后的生活。你先和我回村吧，我会请父亲给你安排个住处。"

小狐狸盯着她的脸，久久不语。

"呃……怎么了？我脸上有什么地方脏了吗？"女孩下意识地擦了擦自己的脸。

小狐狸微微皱了皱鼻子，斟酌语句道："你不怕我？"

"为什么要怕你？"女孩奇怪道。

小狐狸被问得一愣："你看，我会说话，血也和正常的狐狸不一样。正常情况下，动物应该是不可能会说话的吧。难道人类遇到这种常理无法解释的诡异事件，不会感到恐惧或是震惊吗……"

"嗯，动物当然不会说话了。"女孩挑了挑好看的眉毛，"可你是妖呀。"

"…………"

小狐狸彻底没话了。

从小到大，无论是父母还是其他长辈，教授给他的人类最主要的共同特点，便是对妖畏惧。可眼前的女孩也不知是傻还是神经够粗，竟然完全不觉得妖是什么大不了的东西。

不过，倒也不是所有人类都会对妖畏惧。

小狐狸身形一震，警惕地后退："你不会也是猎妖师吧？"

女孩摇头："当然不是。"

"那就好。"小狐狸长舒一口气。

"还要两年我才满十六岁，那个时候，我便可以参加村中的试炼。"女孩的眼中满是向往，"只有试炼通过的猎人才可以被称作猎妖师，我还差得远呢……"

还没等女孩说完，小狐狸便转身逃跑。他的身子在空中画出一道残影，穿过草丛，向远处掠去。

女孩一愣，随即追了上去。

"喂！"她一边追着，一边冲小狐狸喊，"你跑什么？！我又不会吃了你！"

小狐狸一句话不说，只顾闷着头跑路。他越过一丛丛灌木，本想借此甩开身后的女孩，奈何腿伤不便，没妨碍到女孩，反而是自己的速度先降了下来。

两分钟后，女孩扑在了青狐身上。

"你干吗……"她上气不接下气道。

"还能干吗？当然是逃命啊！"小狐狸也有些气喘，"你又压到我伤口了，麻烦动动身子……"

"啊，对不起，对不起！"女孩急忙道歉，避开了小狐狸伤腿的位置。

小狐狸长出了一口气。

女孩坐起身子，直视着小狐狸的双眸，正色道："其实你真的不用跑的。"

"喊。"小狐狸笑了，"我要是不跑，你现在没准已经剥下我的皮了。"

"猎妖师并不全是那种为了利益不择手段的人。"女孩摇摇头，真诚道，"我说不会伤害你，就一定不会伤害你。我生在猎妖师的家庭，想带你去的村子也几乎由猎妖师构成，但这并不代表我就是坏人。"

"我如果想害你，根本没必要费这个功夫。"女孩目光真挚，继续说道，"以你刚刚的状态，即便面对的是普通人，也未必能够逃脱吧。"

小狐狸想了想，终于点了点头。

"这就对了嘛！"女孩咧嘴笑道，"走，我们回家。"

她顺手抱起小狐狸，步伐轻盈，跳过地上的藤蔓。发梢在夕阳下一抖一抖，反射着余晖。

回家……

小狐狸咀嚼着这两个字，突然发现自己已经回忆不出家的样子。明明刚刚才从家中出来，为什么会感觉已经过了很久……为什么感觉即将去的地方……才是家？

小狐狸的头突然刺痛了一下，什么东西在脑海里一闪而过。他努力回溯记忆，终于还是没能抓住那转瞬即逝的线索。

小狐狸甩了甩头，把脑海中的想法清空，安安静静靠在女孩的怀中，合上了眼睛。

那就回家吧。

他默默想着。

6.

小狐狸随女孩到家时，天已经完全黑了。一弯残月高悬空中，被云彩遮了一半，散发着寒冷的气息。

村子很大，以房子的数目估算，少说也住着上百号人。女孩踮起脚，把自己的家指给小狐狸看。那幢房子依靠木头搭建，约有两层，就坐落在村子正中央。

"那是你家？"小狐狸极目远眺，调笑道，"门口怎么插块墓碑？"

"你家门口才插墓碑呢！"女孩伸手拍了下小狐狸的头，"那是镇魂碑，不但有预警效果，还可以防住很高强度的攻击。"

"预警？"

"嗯，预警，这个村子住着的可不仅仅是猎妖师。"女孩解释道，"更多的，是像你这样的小妖。"

小狐狸诧异地睁大了眼睛："除了我，还有其他妖？"

"当然了。"女孩点点头，"你不会真的以为我会把一个妖带进全是人类的村子吧？"

小狐狸心想也确实是这么回事，深以为是地点了点头。

"这个世界上能与妖和谐共处的人类不多。既然做了异类，就或多或少会树一些敌人。这块镇魂碑，就是首任村长以生命为代价立下的，传到我父亲这里，大概已经有千年之久了。"

女孩把声音放低："如果没有什么意外情况的话，接下来还会传给我，父亲将近退休时，就会告诉我激发它的方法。"

说话间，女孩抱着小狐狸进了自家的院子。她将小狐狸放下，拦在身后，叮嘱其藏好，向着木屋走去。

院子里种了几棵苹果树，绿油油的槲寄生攀着树枝垂下，遮住月光，留下一片阴影。镇魂碑就处于阴影之中。

镇魂碑旁置着一张红木躺椅。一个膀大腰圆的男人靠在上面，赤裸着上身，肌肉上的无数伤疤展示着他优秀猎手的身份。与外观的剽悍不同，男人此刻却是学究似的捧着书，一边阅读一边借着烛光做笔记。

"父亲，我回来啦！"女孩蹦跳着跑到躺椅之前，脆生生地叫道。

男人点了点头，含糊应了一声，目光没离开手中的书分毫，就仿佛书中有着无限的宝藏。

女孩受到冷落，不满地轻哼一声。

她一把将书从父亲手中抽离，扫了一眼封面，噘起嘴道："十多年了，你怎么还在看这本破书。"

"唉，小小年纪，可不要乱说。"

男人这才不情不愿地抬起头，站起身夺回书，小心翼翼地塞到怀中。

"你现在还太小，自然不懂它的珍贵。等你满了十六岁，我授你法术时，你就知道这本书里记载的东西有多高深了。别说是十多年，一辈子也读不完啊。"

女孩撇了撇嘴，不屑地嗤了一声。

她心中腹诽着从父亲身边绕过，向着屋门走去。小狐狸则偷偷藏在她的阴影中，躲避其父亲的视线，慢慢前行。

一人一狐快到门口时，女孩的父亲才心满意足地放下书，看来是颇有收获。

"哦，对了，偏房我已经收拾好了，安排它住在那里就行。"男人冲女孩挥了挥手，扬声说道。

女孩一愣，看了一眼藏在影子中的小狐狸。

"哎呀，我这记性，差点忘了这么重要的事。"男人仿若没看到女儿的表情，自顾自地拍了下脑门。他将毛笔蘸了墨，在纸上写下一排小字，然后起身走到女儿身边，塞入其手中。

"这是药方，那毒很烈，你那种处理方法，最终痊愈倒是没什么问题，只不过恐怕要损了它的根基，以后想更进一步，可就难了。这些药材你明天去李伯伯家抓一些，加水自沸后外敷，对这只小狐狸的恢复很有好处。"

说罢，男人冲小狐狸眨了眨眼睛。小狐狸一惊，有种被看透的感觉。回过神时，男人已经重新靠在躺椅之上，翻开了书。

女孩呆了一阵，耸了耸肩。她收好药方，重新将小狐狸抱起，进了木屋。

7.

一入屋，小狐狸顿时感觉一阵神清气爽。也不知是筑屋材料的原因，还是因为屋里暗藏着什么法阵，室内的空气清澈冰爽，充满了灵力。

"你平时和父亲就是这么交流的？"小狐狸悄声问道，"我还以为人类之间的交流会更丰富一些。"

"父亲嘛，难免会没什么共同语言。"女孩笑道，穿过长长的走廊。走廊的墙壁上挂着一幅幅画作，将小狐狸的视线吸引过去。

一片海岸通过笔墨连成一体。奇异的是，每幅画的海潮中央都仿佛有一块墨色的礁石，余光一扫，直刺眸里。定睛一看，却又仿佛隐藏在厚厚的迷雾之中。

小狐狸顿感惊讶："这画……"

话音刚出，小狐狸的脑海中仿佛有哪根筋抽动了一下，猛地一痛，一如几小时前。

墙壁上的画突然活了过来。一道道黑色的气息自迷雾中突出，在空中凝集成丝带一样的东西，猛地向小狐狸的面门冲刺而来，只是瞬间，便顺势而上，死死地缠上了它的四肢。

小狐狸大惊失色，疯狂地扭动身躯。黑色丝带随着它的挣扎越勒越紧，最后竟将它牢牢固定住。

"喏，你就在这里住下吧。"女孩的声音自远处传来。

丝带溃散，走廊中的画作没有一丝变化，似乎之前的变动都是幻觉。

女孩走到走廊尽头，推开侧屋的门，将小狐狸放在床上。

"你没感觉到吗？"小狐狸开口问道。随着头痛的退去，他的意识微微清醒了一些。

女孩一脸疑惑。

"没事了。"小狐狸看到女孩的表情，摇了摇头，"估计是残留的毒药导致精神有些恍惚……"

"不要担心，明天我按照父亲的药方给你上药，应该会好得快一点。"女孩检查了一下小狐狸的伤口，轻声道，"你别看父亲痴迷书籍，对外界不太关心，其实心地特别善良。十里八村的村民，甚至是距离近一些的山门妖精，都对他很尊敬。"

小狐狸点点头。有能力的人总会受到尊敬，这不分种族。据说即便是天庭，也会有法力高强的妖被奉为大圣。

女孩傻傻地坐在床前，想找个话题聊聊天，却不知道该说什么。与小狐狸大眼对小眼了一阵后，她尴尬地笑了两声。

小狐狸看出来女孩的尴尬，想了想，开口问道："能问你点有关人类的问题吗？"

女孩点了点头。

"除了父亲之外，与其他亲人之间的交流，例如母亲，例如兄弟姐妹，会有什么不同吗？"小狐狸整理了一下思路，出声问道，"你知道的，我是妖，在我们的族群中，亲情是一种很淡薄的东西，反而阶级更为重要。我们几乎不怎么交流，甚至很多的时候想见一面都难。"

女孩没有回答，低下了头。

"怎么了？"小狐狸问。

"我没有兄弟姐妹，也没有母亲。"女孩笑道，"我是独女，母亲在生我的时候因为难产过世了。"

小狐狸一怔，连忙道歉："对不起对不起，我问得唐突了……"

"没关系的，这些事发生的时候我还没有记忆。这么多年，与父亲住在一起，早就已经习惯了。"女孩摇了摇头，"只是没能给你答案，有点可惜。"

说罢，女孩冲小狐狸安慰地一笑。

二人又陷入了沉默之中，小狐狸搜肠刮肚，也想不出该说些什么来调节气氛。

"你受了伤，还是早些睡吧。"女孩从床边站起，"今天就先这样，你好好休息，也许用不了一个月就能回家了。"

小狐狸点了点头，今天一天发生的事情太多，绝大部分都颠覆了他以往的认知。他确实需要休息，顺便消化这些。

女孩走到了门口："那，晚安？"

"等下。"

门即将被女孩关上时，小狐狸出声，叫住了她。

"嗯？"女孩回首。

"你还没告诉我你的名字。"

"江伊，秋水伊人的伊。"女孩调皮地吐了吐舌头。

"晚安啦。"

8.

第二天清晨太阳初升时，小狐狸就醒了。

即便身上有伤，他仍然睡得很舒服，一早刚刚睁眼时，竟然觉得浑身充满了力量，也不知是这间屋子的原因，还是他的修为经过前一天生死边缘的逃亡后又有精进。

小狐狸推开房间的门，阳光穿过走廊洒进来，照在它的身上。远处是隐隐约约的莺歌燕语、蝉叫虫鸣。走廊间的画作换了一副模样，均是泼墨山水。

小狐狸想了想，轻轻转身，化为人形。

青衣白靴，腰挂玉佩，红唇剑眉，一双眸子闪闪发亮。小狐狸的少年模样，竟是格外俊俏。

他穿过走廊，来到院中。前一天晚上未曾看清的环境，此时终于看了个真切。

明明七月已过，入了伏天，苹果树竟然还开着花。片片白色中点缀着几点桃红，隐藏在绿叶之中。夏季开花，能影响植物生出这般反季节形态的人，无论是单纯靠法力，还是使用其他技巧，根据已有记录，均是法力高强之辈。

这东西看起来颇为简单，但催发容易维持难。以小狐狸当前的修为，如果没有奇遇，想要达成此景，少说也要再修数百年。

在此之前，小狐狸只在随父母参加十年一次的群妖朝会时，于狐王的殿前见到过类似的情景。此时再见，再联想到昨夜走廊中那不知是不是幻觉的黑色丝带，不禁心中暗惊。

"嘿。没想到你化为人形，还挺漂亮。"

清脆的嗓音在小狐狸身后响起，把他从思绪中拉回现实。

小狐狸下意识转过身，刚好看到江伊踏入阳光之中。她手中端着玉石托盘，上面摆着清粥小菜。一阵微风拂过，将她淡紫色的衣襟吹起。苹果花自花萼脱出，飞散空中，仿佛冬日飘舞的雪。

江伊伸手，在空中接下一片花瓣。

小狐狸愣住了，这一瞬间的景象，竟是如诗如画。

江伊小跑着跃上前来，拍了拍小狐狸的肩膀。

"喂，傻愣着干什么？快来吃早饭啦。"她道，"一会儿还要给你上药，事情多的是呢。"

小狐狸从恍惚中恢复清醒，急忙甩了甩头，默念了两段清心诀。

"怎么了？"江伊疑惑道。

"没……没有……"小狐狸支吾道，"就是……你这一身，很好看。"

江伊没料到会得到这样的答复，上下扫了一眼自己的衣装，小脸上晕开了两抹粉红。她的手指仿佛被烧红的铁烫了一般，自小狐狸肩上抽回。

"走……走吧。"江伊显出一副小女儿态，与昨日健美的身姿竟是截然不同，她声如蚊嘤，轻轻道，"父亲还在等着呢。"

小狐狸突然生出一种要去见岳父的荒谬既视感。

小狐狸脑海中闪过江伊父亲那笑面虎般的形象，幻想了一下自己被他拎起，当场拧断脖子的情形，猛地打了个冷战，急忙除去了刚才脑海中的旖旎心思。

"走啦！"江伊叫道，步伐轻快。

小狐狸的脸上露出一丝笑意，跟了上去。

穿过蜿蜒的小路，便是后院。院子边上的凉亭中央有一方石桌，上头已经摆满了早饭。

江伊把手中的托盘放在桌上，拉过石凳，径自坐了下来。

"好香的桂花糕！"小狐狸刚进后院，便嗅到了一股清新的桂花香气。他抬目望去，刚好看到石桌上的糕点，不禁赞赏出声。

"我亲手做的哦。"江伊颇有些自豪。

小狐狸蹿上前去，深深吸了两口香气，又是一声赞叹。他拿起筷子，向着桂花糕伸去。

江伊拦住了小狐狸伸出的手，掏出一个黄色的纸包说："先上药，上完了才能吃。"

小狐狸无奈地耸耸肩，坐了下来，将左臂的袖子挽到上面。

江伊打开纸包，在桌上取了一只小碗将其中的药粉倒入，然后加入半壶凉水。药粉溶解，水在瞬间沸腾，翻出气泡。

几秒后，小碗里装的东西变成了褐色黏稠的药浆。

小狐狸好奇地拿起一支筷子，挑了一点药浆，放到鼻子前嗅了嗅。一股奇异的臭味顺着鼻孔钻了进去，直通大脑，小狐狸顿时脑袋一蒙，险些吐了出来。

他默默地把胳膊从石桌上拿开，重进拉下袖子。

"你干吗？"江伊一把抓住小狐狸的手腕。小狐狸用力挣扎了两下，都没能挣脱，反而牵扯到伤口。

"臭。"小狐狸龇牙咧嘴，言简意赅地答。

"不行。"江伊强行把小狐狸的袖子拉上去，露出伤口，"老话说得好，良药苦口利于病。你别看药浆臭，原料可是极其少见的天材地宝，就算是李伯伯那里也只有不多的库存。"

"拜托！"小狐狸仍旧一脸嫌弃，"你这可是要在我的伤口上涂屎啊！"

江伊冷哼一声，不顾小狐狸阻拦，抄起瓷碗，把药浆倒了上去。

小狐狸惨叫一声，猛地从桌边逃开。左臂的伤口先如火灼，继而又如虫噬。极致的痛和痒冲击着小狐狸的意识，几乎令他发狂。冷汗自他的额头渗出，滑过面颊，一滴滴落在地上。

江伊也愣住了，她没想到这药的效力竟然强到这种地步。看小狐狸痛苦的样子，怕是在药力的刺激过去之前就会休克。

一只粗糙的手掌放在小狐狸肩上。冰寒凉爽的气息从那手掌的掌心散发出来，钻入肌骨，顺着血液直达伤口，在其周围盘旋。

小狐狸这才好受了些，痛和痒的感觉削弱了大半，代之以清凉感。手掌收回，江伊的父亲从小狐狸身后走向石桌坐了下来，淡淡一笑。

再看小狐狸的左臂，药浆正逐渐渗入手臂，消失不见，伤口以肉眼可见的速度迅速愈合。

小狐狸喜上眉梢，当即单膝跪地，拜谢道："谢江伯父搭手相助。"

"举手之劳，不必行此重礼。"男人摆了摆手，"嗯……我有点其他事情要跟你说。"

青狐站起身来："您请说。"

"喀喀。"男人有些尴尬地清了下嗓子。

"那个什么……你做我徒弟吧。"

"啊？"小狐狸一愣。即便算上昨晚，他与面前男人交往的时间，也不足一日。要说自己是什么绝世天才，被男人发掘，小狐狸自己都不信。

小狐狸想了想，还是决定婉言回绝。

"还是不了吧，拜您为师我固然愿意。"他小心翼翼道，"但您看，我用不了太长时间就要返回家乡……"

"你不会在家里待一辈子的。"男人笑道。

"可是……"

"不用现在就给我答复。"男人打断了小狐狸要说的话，"我这句话一直算数，你可以先好好想想再给我答案，这个时间可以是一年，也可以是十年，无论你什么时候同意，我都等你。"

男人从腰间掏出一块令牌，一抛，扔进小狐狸的手中。令牌上刻着"江曲"二字，笔锋俊逸，行如舞龙，即便是不懂书法的人，也能看出其深厚的功底。

"这块令牌送给你了。"江曲从桌上端起属于自己的那份早饭，"你若想通，愿意拜我为师，无论身处何方，只要将它捏碎，我就能找到你。"

小狐狸掂了掂手中的令牌，内心挣扎了一番，还是将其挂在了腰间。

江曲哈哈一笑，漫步而去。徒留小狐狸和江伊一人一妖面面相觑。

江伊撇了撇嘴："别看我，我也不知道他是怎么想的。"

小狐狸转过头去，眉头轻轻皱起。他望着男人的背影，重新坐回桌前。

尽管拒绝了男人的邀请，小狐狸仍然住了下来。

仅仅一天的时间，这村子就已经展现出太多的不寻常。小狐狸本能地不想深入，但身上的伤若不痊愈，一旦再遇到猎妖师，可就不仅仅是受伤那么简单了。

猎妖这种职业，三年不开张，开张吃三年。之前袭击过小狐狸的那名猎妖师，难免不会一直在附近搜寻埋伏。用一个月的时间将伤养好，即便再次遇到猎妖师，没有一战之力，逃跑总是可以的。

但后来，小狐狸才发现，很多事情不是你想就能达成。

原以为一个月就能痊愈的伤，意外地拖了半年；原以为伤势痊愈，就会离开村子，但待的时间越长，他对这里的感情越深；原本不想与人深交，却不可能完全没有来往。

于小狐狸而言，无论是江曲、江伊父女两个，还是其他村民，他们之间的每一次交流都如同一根细细的丝线，将自己绑在村中。积沙成海，集腋成裘，终有一天，无数丝线会汇聚成一根绳索，使他再也无法挣脱。

直到很久以后，小狐狸还在想，自己当初的选择是不是错了。

但时间无法倒流。

9.

半年间发生了不少事，大多是流水账，但也有两件事，令青狐记忆深刻。

第一件事，便是名字的变化。

在很大一部分妖族中，青狐这种小妖是没有名字的，大家见面了，就叫一声种族的名字为代称，譬如鬼车，譬如要离，甚至是通臂猿猴这种本身战力就很强的种族，也是如此。想要获得拥有名字的资格，除非是在众多族群中都有一定地位的大神通者才可以。

人类的传统和妖界比就相差太多了，即便是最低阶级的人，也会有个"某某氏"这样的名字，是以江伊在听说小狐狸连名字都没有的时候，颇为吃惊。

"我总不能一直叫你小狐狸呀。"面对青狐的解释，江伊翻了个好看的白眼，"妖界是妖界，人间是人间，连名字都要靠实力来换，也未免太看重阶级了吧。"

"可是……"

江伊强势地挥挥手，打断了青狐的话："看你一身青衣，以后就叫你青狐好了。"

青狐这个根本不像名字的名字，就这么草率地决定了下来，虽然青狐自己并不是很想要。

最初几天，青狐还不大响应，每当江伊这样叫他时，他都装出一副听不见的样子。但不知从什么时候开始，这个名字突然传遍了全村。无论青狐走到哪里都会有人这么叫他，几次纠正无果后，青狐也只好接受下来。

第二件事，就是江曲不厌其烦的纠缠。

几个月来，青狐的伤都靠江曲治疗。无论从医术、法力还是学识的角度来讲，这个男人都堪称高手。唯一让青狐有些不满的是，他每天早上都要提出同样的问题：

"做不做我的徒弟？"

从结识的第二天开始便天天如此，一百多天没有一天落下，江曲在青狐印象中强势又庄重的形象，早已因此而崩塌殆尽。

除村长之外，江曲另一个身份便是村中的导师。全村二百三十七号人，包括五十余个未成年的孩子，无一不随同江曲修习。其中天赋人品俱佳的颇有几人，江曲却只是教授他们知识与法术，从不提收徒的事情。

江曲成为村长的十五年间，一个亲传弟子都没有，就连他的亲生女儿也不曾继承他的衣钵。他却在他们相识的第二天就对青狐主动放下了身段，甚至不惜自降身价，使出了死皮赖脸的招数。

这也成了青狐在这个村子居住期间最大的疑惑，他实在想不通自己究竟哪点优秀，值得被如此看重。

不过疑惑归疑惑，对自己有益的东西，青狐倒是不至于拒绝。即便不是江曲的徒弟，每日的法术课程他也从来不曾缺席。再加上服下的药剂、江曲为他医伤时候的暗中帮助，半年下来，青狐的修为竟是突飞猛进。

村子里的众多孩子本来就没有妖族那与生俱来的灵力，这回连猎妖师的手段也被青狐学去了大半。每月课考的榜首，自然被青狐轻易摘得。少年们毕竟气盛，看不惯青狐一个外人夺走原属于他们的荣誉，便纠集在一起，企图给青狐点教训。

少年们出发时志得意满，结果二十多人轮番上阵也没能奈何青狐。开始时，青狐还收些力气，最后打出了真火，以一敌众，竟无人能接下他一拳。

青狐也是从这时才发现了自己的蜕变。他深知自己能更加精进，大半都是江曲的功劳，不禁对江曲肃然起敬。

半年时间说短不短，说长却着实也不长。

最初的一段时间里，青狐每日每夜都期待着回家，期待着见到自己的族人。但时间转瞬即逝，青狐反而融入了村子。每当他想到要与现在的一切分别，回到弱肉强食的妖界，内心中就又多了些许不舍。

这日清晨初起，青狐习惯性地运转灵力检查内伤。他意外地发现，灵力的流动变得顺畅了许多，原本沉积在体内的毒素，已然无踪。

青狐轻轻张开了手掌，激发灵力，一丝飘摇的银焰照亮了还未透进阳光的屋子。没有了内伤的桎梏，青狐的实力竟然已经能达到灵力外放的地步。

青狐突然意识到，离开的时候到了。

他平复气息，从床边站起，默默地收拾好不多的行李，推开了房门。

走廊墙壁上的画作，经过一百余天的变化后，重新回归了海洋的样子。只不过这次，海面上平添了一抹朝霞。云雾中，一点半红半金的颜色正逐渐突破而出。

青狐穿过走廊，踏进院子。几棵苹果树的叶子仍然绿油油的。前几日刚刚下过雪，此时在阳光下，雪融化成水，正一滴滴自叶子上滴落。

"不是和你说过了嘛，直接走后门，直接走后门。"江伊端着桂花糕，路过青狐身前。

"这里的景色更美一些。"青狐笑着道。他伸出手，从盘中拿出一块桂花糕，塞到嘴里。

"上完药再……"

江伊的手握了个空。

江伊瞪大了眼睛，在她的意识中，青狐明明才伸出手。可事实摆在眼前，江伊就连桂花糕被夺走的过程，都不曾看清。

"很好吃。"青狐伸出手指，刮了刮江伊的鼻子，"这是我这辈子吃过的最好吃的东西了，比它更美味的食物，以前没有，以后估计也不会再有。"

江伊像小兔子似的往后一躲，双颊涨成了浅浅的粉红。

她突然意识到了什么，整个人又是微微一怔。她小心翼翼地试探道："你的伤……好了？"

"嗯，好了。"

"那你……"

青狐点了点头："要走了。"

阳光逐渐偏移，洒在两人中间，照亮了彼此的面庞。

"有机会的话，我会回来看你的。"青狐道，"毕竟你做的桂花糕那么好吃，以后吃不到的话，就太可惜了。还有江伯父，帮了我那么多，想收我为徒却被我拒绝了，也没好好地道声谢……"

"你也知道啊，小子。"江曲端着粥碗从后院出来，打断了青狐要说的话，"我还在想呢，今天的点心小菜怎么这么久还没上，原来是你小子在纠缠我女儿。"

"伯父……"

"行了，别跟老子肉麻。"江曲不耐烦地摆了摆手，"说起来，你也耽搁了五个多月了，这五个月教了你点东西，虽然是村子里通用的，倒也算是一场缘分。你要走，我不留你，那块令牌你收好，保不准会有用到的时候。"

"嗯。"青狐不知道该说些什么，只是点头。

江曲想了想，又从腰间解下一把匕首，扔给了青狐。

"这是我们江家祖传的刀，名为刺星，相传由熔合了诸多神兵的上古陨铁打造。"江曲解释道，"不过在我这里放了几十年，也没看出与平常兵器有什么不同，无非是更坚硬了些。你既然要走，就把它送给你留在路上防身用。"

青狐将匕首从鞘中抽出，用手指轻轻擦了擦刀刃。指尖立刻被划了个细小的伤口，久久不能愈合。

匕首在阳光下绽放出寒光。虽然没有什么特殊的能力，但仅仅靠吹毛立断、抑制凝血这两点特性，这把刺星便担得上凶兵的名号。

"谢谢。"

青狐表情诚挚地道谢，深深地躬下了腰。

他不知道江曲为何一次又一次助他，但这并不妨碍他对面前的男人致以最高的敬意。

青狐将匕首挂在令牌旁边，最后望了江家父女俩一眼，转身离开。

"喂！"江伊出声，冲着青狐的背影喊道，"你还会回来吗？"

青狐的身形顿了一顿，不太确定地点点头："应该……会吧。"

鞋底踩在积雪之上，发出嘎吱嘎吱的声音，青狐一步又一步向着村外走去。他经过药铺，与跑跳着去江曲家修行的少年们擦肩而过，风吹起他的青衫，仿佛飘逸的旗帜。

走到村口时，青狐停了下来。

"说是回家，却有种离家的错觉……"他无奈地摇了摇头，摇身一变，从少年化回原形。淡青色皮毛的小狐狸纵身一跃，奔向远方。

"小伊，"江曲望着怅然若失的女儿，开口询问，"怎么，相处久了，舍不得？"

江伊瞪了父亲一眼，偏过头去。

"哈，还害羞了。舍不得的话就去追啊，送他回狐山。"江曲笑眯眯道，语气轻柔，却带着鼓励，"送完再回来嘛……如果嫌麻烦的话，就算是不回来，我也不会说什么的。"

"父亲……"江伊难以置信地看着父亲。

"去吧。我江曲的女儿什么时候变得这么小家子气了。"男人挑了挑眉毛，"以前我不让你干什么的时候，你不总是背着我干，现在我同意的事情怎么却不敢了？女大不中留，这个道理，我还是懂的。"

江伊放下托盘，扑身上来，给江曲一个拥抱。

"我会回来的。"她轻声承诺，然后小跑着冲出院落，朝着村口追去。

"青——狐——！"

江伊冲着远方的身影，扬声喊道。

青狐步伐一停，轻盈地落在地上。他转身，顺着声音传来的方向望去，正好与挥动着手臂的江伊对视。

江伊气喘吁吁跑来，到青狐的身前停下，抹了一把额头的汗，粲然一笑。

"这段路，我陪你走吧。"

她说。

江伊理了理头发，墨色青丝于风中飞扬，似飘逸的影，又似跃动的光。阳光下，她的笑容如怒放的花儿般耀眼。

青狐定了一阵，重新化为人形，笑出了声。

"好。"

❽

宿命

「我做了一个梦，一个很长很长，又极其真实的梦。」

他缓缓道。

「我想起了我是谁，

我……重新经历了一遍我的过去。」

1.

青狐从狐山附近逃向村子的距离其实不远，满打满算也不过七八十里。以青狐现在的修为，全速归乡，甚至用不了半个时辰。

但返回时既没有了被追杀的压力，也不必在意时间，青狐自然不会与江伊横穿山林。

二人绕开村子附近的山，沿着小路行进，耗费的时间长了一些，却能欣赏欣赏沿途的风景。于江伊而言，能陪青狐多走的这些路程，很有可能就是二人相处的最后一段时间。

虽然江曲说出了类似"可以不再回来"这样的话，但无论是江伊自己，还是青狐，都明白这不可能长久。人类或许能接受与妖共居一村的生活，妖却绝不会允许有人类生活在族群里，尤其这个人类还是一名猎妖师后裔。

"我以前从没有过这种经历。"青狐踢着路边的石子儿，"不要说以人类的外形，就连这种小路，我都没怎么走过。对于妖族而言，山野林间反而更适合赶路。"

江伊偏着头，顺口接道："说起来，你在村子里生活这半年间，好像从来没出去过呢。"

"离开村子也没什么去处，还不如在村子里修行。"青狐耸了耸肩膀，"说实话，我在这半年间，修为的提升甚至强于以往十年。能在这种环境下修行，能有如此的进境速度，每浪费一秒，都是暴殄天物。"

青狐的修为能进步如此之快，很大原因都是江曲的辅助。他虽然不知道那个男人究竟用了什么方法，但这种方法无疑堪称神技。即便在天界，这种能力也稀有得很。

"要不。"江伊跳到青狐面前，狡黠地眨了眨眼睛，"我带你进城去看看？"

"进城？"

"对。"江伊重重地点了点头，"进城，去由人类组成的城市。让你体验一下普通人类的生活。"

青狐摆了摆手，笑道："别闹了，我可是妖。猎妖师经常和妖打交道，自是不怕我，可这不代表普通人类也是如此。况且城市不比村庄，一般的城市不可能没有点高手驻扎吧？要知道，即便大多数妖都对人类有着恶意，人类却仍是这世界的主宰。这其中的原因，我不说你也懂吧？"

"你怎么那么多话，半年的时间都多等了，还差这几天吗？"

江伊仿佛没听到青狐的解释一般，强拉着他，向着另一条路走去。

青狐本想挣脱，但看着江伊跃动的发梢，终于还是任由其拉着自己。

青狐无奈地跟在江伊身后，想了想，开口问道："咱们去哪儿？"

"长安城。"江伊头也不回地说道。

"皇城？！"青狐瞪大了眼睛，"你疯了！你知道那里有……"

江伊猛地转身，鼻尖几乎碰到青狐脸上。

青狐被吓了一跳，立刻往后一躲，堪堪避过。

"有很多你没见过的，也许再也没机会见到的东西。"

青狐沉默了下来。

江伊就那么直直地看着青狐的脸，一句话不说。

"行了，怕了你了。"青狐突然笑出了声，他抬起手，刮了刮江伊的鼻子，"你说什么就是什么。"

江伊突然红了脸，急忙后退几步，脚下却绊到了一块石头，一屁股坐在了地上，痛得眼泪差点掉下来。

青狐笑意愈浓。他走上前去，伸出了右手。

"走吧，去长安城。"

2.

二人在长安待了三天。

　　说起来，长安虽大，百姓倒仍是朴实。三天中，青狐和江伊玩遍了皇宫以外的每一个角落。

　　长安城虽有卫兵，倒也没见凶恶。只不过每次距离皇宫近了，青狐就会有些不安，莫名地生出一种被人监视的感觉。看来皇宫里高手众多的传言，也不是没有根据。

　　三天后，青狐和江伊从长安出来，便径直前往狐山。

　　狐山距离长安很近，二人一心赶路，第四天中午，就到了狐山脚下。

　　青狐一只手拉着江伊，另一只手分开茂密的植物，小心翼翼地走上山去。临近半山腰时，山上突然多出一座小广场。一人多高的白玉石碑在广场的另一端伫立。

　　"那个就是狐山界碑了。"青狐不自禁地露出微笑，"效果和镇魂碑很像，只不过仅是预警，没有防御的效果。几千年前，当时的妖王亲手将其赐给父亲，除了自身实力能绝对碾压妖王的上仙外，任何人在它的监察下，都无法掩盖自己的气息，穿过这唯一一条上山的路。"

　　青狐走上前去，掏出匕首划破手指，在界碑上滴下自己的血液。

　　"这是自己人回山时的信号，每个族人的血液都会在出生时记录在界碑之中，以避免被不知情的族人误伤。"青狐解释道，"同时这也是开启山路的钥匙。"

　　血液渗入界碑之中。一抹银光从落点处涌出，覆上界碑，一闪而逝。二人面前的泥土突然出现一道裂缝，转眼间，愈扩愈大，整片茂密的山林被分成两个部分，向两边分开。

　　奇异的是，如此巨大的变动下，哪怕是树上的叶子都没有抖动分毫，只有微风吹来时，才轻轻摇那么一下。

上山的路就如同一个新开辟的空间，完全不影响外界的环境。

江伊看得下巴差点掉下来。

她毕竟只是个普通人类，从小到大生活在村中，这次陪青狐出来，已经是她离家最远的一次了。她虽然有着见习猎妖师的身份，但村子里的猎妖师哪有几人真猎过什么妖魔？

"据说仙界与人间是两个次元，所谓飞升，其实就是倾尽毕生所学，破碎空间。数千年前，尾狐一族的先祖在此飞升，留下这条裂缝。之后几代族长将其修缮利用，才铸成了这条即便在整个妖界，都小有名气的山路。"

"走吧。"青狐说着，率先上山。江伊好奇地望了一眼界碑，也紧随其后。

上山的路由一块块类似汉白玉的材料铺垫而成，没有一丝落灰。脚步离开时足迹就会自动隐去。

江伊小心翼翼地触摸路边的树干。与她想象中所不同的是，伸出的手竟然没有受到任何阻碍，便放在了树干上面。粗糙的质感告诉她，这一切并不是幻象。

"你之前不是还说这里是空间裂缝吗？"江伊有些惊讶，"为什么与外界完全连成一片……就仿佛，这条路本身就存在一般。"

青狐摇摇头："空间和时间，本来就是最难琢磨的东西。我很小的时候也曾有过这种疑问，甚至一度怀疑，这条路仅仅是个靠着幻术掩盖的障眼法。"

"结果就是，山路关闭后，这里就确确实实消失了。"青狐道，

"知道比防御更强的是什么吗？"

"什么？"

"隐藏，没有任何攻击能伤害一个看不到的人。再强的法术，也无法伤害到不存在的东西。这是水与风的道。"

二人已经走了一半的路程，隐约间，能看到山顶的云端坐落着一座高塔。

"那个是雷霆塔，终日被闪电环绕。塔尖保存着我们尾狐一族的众多典籍，只有最顶尖的族人才有资格阅读。"青狐有些小自豪地说，"我父亲就是其中之一，我长大之后，也会是其中之一。"

话未说完，青狐突然停下了脚步，呆望着雷霆塔，面容愕然。

"怎么了？"江伊停下了脚步。

"塔……塔顶的闪电……没了。我从小到大，还从来没见闪电消失过，这是第一次。"青狐喃喃道，心中一股不祥的预感升腾而起。

"跟紧我！"青狐皱了皱眉，压低身形，足下发力，毫无保留地将全部法力附在两腿之上。他的速度越来越快，一个突进，就向前蹿出去十余米。

江伊急忙追了上去。她本来极善奔跑，就算青狐最近半年来实力大有长进，她在这方面也完全不会逊于青狐，但此时此刻，青狐的加速竟令她有一种实力悬殊的无力感。

江伊拼尽全力，与青狐之间的距离却仍是越拉越长。青狐的实力不可能在如此短的时间内进阶，原因就只能是在这段路上。看来这路除了隐蔽外，还有些其他的玄妙之处——不是增强本族，就是削弱外族。

瞬息之间，二人便到了山顶。

山顶是一片平整的土地，铺满白玉地砖，众多建筑呈卫星拱卫状环成一个圆圈。雷霆塔立于中间，直通天际，甚是雄伟。严格来说，这种规模的聚集地已经算一座小型城池。

但本该繁华的城市，却空无一人。别说是守卫，连摆摊的商贩都不见一个。

青狐谨慎地走上前去，推开一户家门，屋内的家具积了一层薄薄的灰尘。

"床铺很乱，说明他们走得很急，并且是夜间出行。"青狐走到房间深处，摸了摸被子，轻声道，"有超过一半的可能是遭遇突袭。"

青狐表面平静，心中早就激起了惊涛骇浪。狐山是尾狐的大本营，四大长老无一不是七尾修为。青狐的师父，也就是尾狐族长，更是世间少见的九尾，虽然实力不如妖王，但也不是随便什么人就能动得了的。

更不要说这里是狐妖的主场。

地利、人和，尾狐一族都占了，青狐实在想不到有什么情况，能令族人倾巢而出，甚至无法回乡。

他沉默着从屋中退了出来，一言不发，继续到其他建筑中探查。但无论商铺还是酒馆，都是同样寂静，毫无生气。

二人心情都有些沉重，青狐归乡的喜悦也消失殆尽。

"应该不是袭击。"江伊安慰地拍了拍青狐的肩膀，"你看，整座城虽然没有人，但同时也没有战火的痕迹。搞不好是这里被什么人发现了，你的族人为了安全才集体出走。"

青狐伸出一根手指，叩响了墙壁："你知道这材料有什么作用吗？"

"什么作用？"

青狐苦笑着从腰间拔出匕首，砍在墙上，留下一道刀痕。令江伊大吃一惊的是，那刀痕竟在几秒内愈合消失，仿佛从未存在。青狐又划破了自己的手心，将血液滴在地面。不出所料，血液也在落在地上的一瞬间渗入其中，不见踪影。

"自动修复，清除污秽。"青狐道，"这是一座无法被伤害的城市。也就是说，即便被夷为平地，这座城也会恢复为原本的样子。"

说罢，青狐收起了刀，向着雷霆塔走去。

如果说哪里还能残存下蛛丝马迹的话，也只能是那里了。

此时狐山山顶一丝风都没有，雷霆塔尖的雷云消散后，炽烈的阳光直射着青狐，使他微微眯起眼睛。

青狐和江伊再没进其他屋子，而是直接来到了雷霆塔下。雷霆塔在近处观摩比离远了还要壮观。雪白的外墙上阳刻着无数只向上的狐，正常情况下，每只狐在不断闪动的雷光下，会呈现运动的状态。现在没有了闪电盘绕，雕刻固定不动，原有的灵气也不复存在。

但即便如此，江伊也从来没见过如此宏伟的建筑。她不是没见过世面，皇城也去过不止一次，但她所见过的任何人类建筑，在技艺上都达不到雷霆塔这样的高度。

"尾狐一族的工匠，本就是最好的。这座雷霆塔在妖族建筑中也称得上数一数二。"青狐看出了江伊的惊叹，开口解释，"只可惜，它现在已经没有了生命。"

"没有了生命？"

青狐点了点头，又一次抽出匕首划破手指，把血涂在大门之上。

"原本只有最顶尖的族人才有入塔的资格……"

血液顺着大门上镌刻的花纹流动，向四方散去，淡淡的光从血线经过之处弥漫出来。很快，整扇大门就已经被赤红色的光辉布满。

"轰！"

随着一声爆响，门向着两边打开。

青狐望着大开的门，心里顿时一坠，久久未说出话来。

雷霆塔门上的那些纹路，是一个大型阵法，其存在的目的便是限制进出。除了尾狐一族的族长、长老、大祭司之外，每个族人想要入塔，事先都要经过许可。

说是许可，其实就是大祭司用自己的一丝血液制成图腾，文在族人身上，当作阵法的钥匙。这图腾由代代祭司单传，自然需要当面授予才会奏效。青狐离开狐山前不曾得到，之后更不需多说。

现在剩下的唯一一种可能，就是长老、祭司，甚至是族长，都已经不在世上，而青狐顺位成了新的长老。

"怎么了？"江伊有些担忧地问道，"是有哪里不舒服吗？"

青狐没有给她解释缘由，只是摇了摇头，率先踏入门内。

塔中的构造类似于大型图书馆，不知是什么木质的楼梯紧贴着墙壁，盘旋而上。阳光穿过塔尖洒下，照亮了空旷的大厅。

大厅中央是一块巨大的水晶，记载中，那块水晶悬浮在空中已有千年，千年间不断旋转，散发着吸引雷霆的能量。但此时，那块水晶却浅浅地插入地面，布满裂痕。雷霆塔不再引雷，原因大概就是如此。

青狐叹息一声，他不在的这半年间，族中显然发生了巨变。

他思索了一下，小心翼翼地伸出手掌，印在水晶之上。

一瞬间，整座塔都亮了起来。

水晶旋转着升空，大放光辉。晶粉散落间，无数影像在光辉中闪现。

江伊看着其中的影像，捂住嘴，倒抽了一口冷气。

那是由数百猎妖师组成的、妇孺皆杀的军队！

3.

如果那水晶中的影像没有错误，只怕是整座狐山，包括先知、长老在内的所有人，都已经沉积在山中。

而狐山的界碑，则成了尾狐一族的墓碑！

战争景象开始出现时，青狐还处于暴怒状态。但随着时间一分一秒过去，他看着一个又一个族人倒下，已经再说不出什么了，只是头脑嗡嗡地响。

剧痛在青狐的脑海中出现。青狐身形一个不稳，向后踉跄了两下。江伊在身后抱住他，将他扶稳。

隔了很久，青狐的心情才平复下来，水晶中的影像也到了尽头。

族长倒下的那一瞬间，影像消失。几秒后，水晶猛地炸开，晶粉升到空中，凝集在一起化为流光，在塔中环绕了一圈，直冲入青狐的胸膛。

青狐叹了口气，知道那流光是族人给他的最后馈赠。他放出灵觉感受一番，却没能感受到其潜伏的位置，也只好作罢。

"下山吧。"青狐的声音有些落寞。

江伊点点头，一句话不说，默默地跟在青狐身边，顺着来时的路返回。

狐山空旷的景象使青狐一分钟都不想多待。他加快脚步，径直向外走去。脚步声回响在裂缝中，更渲染了气氛。

青狐把血滴在界碑上，裂缝打开。他最后回头看了一眼山顶，走了出去。

出去的一瞬间，青狐猛然感到一丝危险。他一把搂过江伊，压低她的身子，与其一起俯下。就在青狐俯下身子的一瞬间，一支箭矢擦着他的头皮飞过，隐没在丛林之中。

青狐在瞬间便意识到，有猎妖师在附近埋伏。

果不其然，有十几个猎妖师从各个地方现出身形。

"到我身后。"青狐冲江伊微微偏头，冷静道。他把身上包括江曲送给自己的令牌在内的全部小物件都放到江伊手中，嘱托其保管好，然后眯起眼睛，死死盯着那些猎妖师。

就在十几分钟前，他还以为自己会暴怒难遏。没想到真正遇到这些人之后，他的心情反而平静了下来。

"你们杀了我父母。"青狐用很肯定的语气说道。他抽出腰间的匕首，刺破手指，将自己的血液滴在界碑之上。虽然界碑的预警功能已成鸡肋，但开启山路这一点功能，仍是很有用的。

青狐背后山路大开，他伸手一搡，把江伊推了进去。

江伊没有一点心理准备，在台阶处跟跄了一下，摔倒在地。她手忙脚乱站起身来，却发现山路上只有自己一人了。

江伊赫然发觉青狐其实是抱了必死的决心，意欲复仇。她本以为青狐会靠着界碑的特性与她一起逃跑，这时反应过来，却已经晚了。

她眼看着青狐拔出匕首，正握在胸前，缓缓抬步。那个少年模样的小妖一脸坚毅，双足交换向前的频率愈来愈快，直至大步流星。

江伊急忙跟着前冲，但到了界碑的交界处时，却是无论如何也无法向前分毫。一道透明的屏障拦在江伊和青狐之间，成了一道难以逾越的鸿沟。

她这才知道，这门，不仅仅能挡住外面的人。

江伊能看到青狐不断开合的双唇，却听不到他的声音。那一块不足半人高的界碑，生生将二人分割到两个不同的世界中。

江伊只能做一个观察者，如同万千世界中每一只尘埃般的蝼蚁，被命运的战车碾轧而过。

凡是轮下的蝼蚁，无论站立抑或低伏，无论愤怒抑或恐惧，无论冲锋抑或逃亡，都抵不过被碾成齑粉的宿命。

"喂！"江伊冲着青狐的背影大喊。

"你一定要活下来啊！"

似乎是命运的战车突然偏移了一丝，绕过了这只渺小的蝼蚁，青狐竟然回过头来。

"一定！"

他道。

江伊一瞬间便安心了。尽管没听到任何声音，但她就是能确认青狐所说的话，那是他的承诺。

青狐扬起匕首，刀刃上闪着金色的浮光。他双膝弯曲，猛地跃起，怒吼着下落。金光在空中斩出一道弯月，劈落下来！

4.

青狐的压力其实很大，甚至可以说这是他一生中所遭遇过的最大危机。

猎妖师的名号，无论何时都不可小觑。

长刀砍向青狐头顶，他微微侧身避过，托住了那名猎妖师的手腕。接着腰身下坠，拉得猎妖师一个趔趄，手中匕首顺势而上，直入其胸膛。

与此同时，一道碧绿色的光芒轰击在青狐的后背，将他炸飞出去。

"再来！"青狐顿觉喉咙泛上一股腥甜，他啐了一口，将嘴里的血液吐出，又一次扬刀而上。青狐的身形越来越快，带出道道残影。

尽管无论体力还是耐力，青狐都要比猎妖师强出一筹，但毕竟他只有一人。猎妖师的人数太多，青狐每次进攻，都会受到其他猎妖师或多或少的攻击。青狐在以命换命，没有压倒性的能力，按照当前的状态进行下去，恐怕他坚持不了太久，就会败亡。

江伊在外面看着，急在心里，却不知怎么帮他。

江伊用手砸着那道无形的墙壁，但无论如何用力，那墙就是纹丝不动。她气喘吁吁地坐在地上，手中拿的东西散落一地。

令牌！

江伊一生中从未如此感谢父亲的存在。

她拿起令牌，深吸口气，猛地摔在地上。令牌受到重击的一瞬间炸成一抹烟尘。一点荧光从那烟尘中飘忽而起，猛地突破那透明的墙壁，一闪而逝。

青狐被连续数发法术冲击上天，又狠狠落在地上，血液从他的口中不断涌出。有青光在青狐身前闪了一下，化为无形。转瞬间，青狐就回归了本体。

"嘿，果然是只小狐狸。"其中一个猎妖师戏谑道，"虽然实力不如族长、先知那个级别，但在他们族群里倒也算不错了。"

他上前，拽着小狐狸的尾巴将其拎起。

"就是不知道，这么个小家伙献给师父，师父会不会满意。"他把小狐狸翻过身，检查一番，表情变得有些嫌弃，"竟然只是个一尾，这也能折了我们兄弟三条命？"

一道金光猛地炸起。

猎妖师松开了手中的小狐狸，低头向下。他的胸口，赫然有尖刀突刺而出。

膀大腰圆的男人把刀抽回，甩干净上面的血，道："很弱。"

所有猎妖师，竟无一人看清了男人的身形！

为首的那人仔细看了看男人的面容，猛地一惊。他伸出手，指着男人，颤颤巍巍道："你是……江曲？"

男人扬了扬眉，道："没想到我还挺有名的。"

那猎妖师确认了面前男人的身份，急忙举起手中的木杖，向空中射出一道紫色的火焰。

"后援找完了吧，别说我没给你们机会。"待紫色的火焰消失，江曲才嘿嘿笑道，"你们差点把我徒弟打死，这笔账，怎么还呢？"

仍站着的十二名猎妖师，没有一人敢搭话。面对现在这种情况，他们求饶也不是，逃跑也不是，只能等着援兵的到来。

江曲的脸色转冷："不说话？那用你们的命还，如何？"

话音刚落，他手中的刀，就大放金光。

"未免太残忍了吧。"有声音传来，"我的哥哥，这不像是你的风格啊，况且你要真说偿命，我的徒弟可也死了三个呢。"

执着桃木杖的猎妖师落在广场之上，与江曲对视。

"原来是你，江虬。"江曲咬牙切齿。

他再不多说一句，而是径直冲了上去。

金色与绿色夹杂在一起，使人眼花缭乱。面前的兄弟俩就仿佛是一生之敌，每一招，都充满了杀机。

随着长刀又一次切开江虬的皮肤，绿色的光，也渗入了江曲的右臂。江虬猛地吐出一口鲜血，头也不回地离开。

青狐把一切看在眼里。他重新化为人形，打开了狐山山路，放了江伊出来。

然后，对着江曲双膝跪地深深叩头，没有一丝犹豫便行了标准的拜师礼。他起身，目光炯炯。

"师父，令牌已碎，今日起，弟子将行一切徒弟当行之事，望师父赐名！"

"好，好，好！"江曲正运气疗伤，看到此景猛地一愣，然后激动得连吐三个好字。他稍加思索，心中便有了想法。

"槲寄生——花语是生命、希望，象征着不息的延续与传承。你有一身青色皮毛，本身又属狐妖，以青槲为名，正好谐音青狐，如何？"

"青槲……江青槲……"小狐狸品了品其中的含义，重重点头。

"谢师父！"

5.

江曲与弟弟那场争斗，终究还是留下不可恢复的伤。他的右手被毒气侵入，肌肉萎缩，一手最擅长的刀法，算是彻底废了。

那天起，青狐便开始跟着江曲修行。江曲这次不再藏私，而是自己会什么，便教给青狐什么。青狐学得极其认真，修为也不断提升。

江曲的身体，却是始终没有恢复，一年又一年过去，状态逐渐地越来越差。

与此同时，青狐也不知因为什么，染上了头痛的怪病。随着他修为的增强，头痛的程度也随之上涨。江曲查阅了许多古籍，和村中李伯伯多次探讨，也没能找到病因。

青狐在村中住的第七年，向江曲提了亲。江曲本就极其看中青狐，这种亲上加亲的好事，自然不会拒绝。然而让所有人都大跌眼镜的是，江伊竟然拒绝了。

她说她想像其他家庭的妻子一般，能身披凤冠霞帔，戴着金玉之器，行一场热闹的婚礼嫁给青狐。这种要求青狐自然不会拒绝，只不过未出师前，江曲却是任凭他怎么请求，也不愿让他离开村子。于是事情也就耽搁了下来。

尽管如此，江伊却也每日跟在青狐身边，他修行累了，就为他擦汗，一日三餐也精心制作。两人时常结伴出去打猎，一路上卿卿我我，除了未行夫妻之实，各个方面，俨然已经和任何夫妻没什么区别。

第十年起，青狐的头痛不知为什么开始变得频繁。同时，村中出现了一件大事。

一个由兔妖化成的女孩失踪了。

全村近百人到各地搜寻女孩的踪迹，整整一个月过去，却没有任何一个村民能找到一丁点线索。无奈之下，大家只好当那兔妖是自行回归山林。这是数百年内从未发生过的情况，可能性极小，但也确实没有其他的解释了。

事情闹得大了，自然也引起了其他人的注意，村子毕竟离皇城太近，城卫为了避免危险，便在其附近修建了新的岗哨。

事情过去一个月后，一名村民在狩猎时，遇到了巡查的卫兵。卫兵当天也是喝了不少酒，未确认村民的身份，一言不合，便对对方发起了攻击。

射出的箭却是充满了灵气。

村民当即大惊，黑暗之中，误认卫兵是猎妖师。他用普通人类不可能做到的方式向卫兵发起了攻击。

村子就此暴露在阳光之下。

次日，皇城大哗。皇帝亲自下令，派遣城卫军即刻出动，清缴妖孽。

与此同时，青狐的头痛达到顶峰，他抱着头，蜷缩在屋内的角落。

6.

数百骑兵立于村前河旁。为首的将军威风凛凛，执一把长枪。

将军身旁的一匹瘦高黑马上，坐着一名黄袍男子，疏眉薄唇，一对四白眼，猎妖师打扮。他的手中拎着根桃木杖，杖头散着点点绿色。

江虹舔了舔嘴唇："将军，何时入村？"

"再等等，等他们派人解释。"

日头微微向西，秋风萧瑟，卷着浮尘落叶。今天特别地安静，村中的黄狗似乎也感受到肃杀的气息，缄默了起来。

江曲咬破手指，将一滴血滴在村中的石碑上。

"此去若是无回，诸位就各自逃命……"他跃上马背，"一定要活下来，这就是我的遗命了。"

江伊死死攥着拳头，望着父亲离去的背影，微微颤抖。

所谓遗命，便说明江曲本就不抱生的希望。

马蹄敲击着土路，踏出一抹抹轻烟。江曲爱惜地摸了摸马背，一甩缰绳："驾！"

一骑绝尘。

"他来了。"江虻的嘴角露出一丝残忍的笑意。

马行至村口停下。

江曲下了马，一甩衣服，跪了下来。他深深地望了江虻一眼，低下头颅，接触地面。

"草民江曲，本村村长，将军大驾光临，未能及时来迎，特此告罪。"

"起来吧。"将军淡淡道。

江曲起身，挺直腰杆作了个揖，又一次开口："只是不知道将军领兵来我这穷乡僻壤，是有什么公事要办？"

"什么公事，你心里不清楚吗？纵妖行凶，无视朝廷法律，你倒是好大的胆子。"将军冷哼一声，把长枪往地上一顿，"朝廷派我缉凶，你却设阵封村拦我。今天若不给我个好解释，你以为这点东西，真能拦得住我？"

江虻立于旁边，桃木杖头的绿色光芒越发地灿烂。

江曲轻轻一叹，心道果然如此……

他微微躬身："将军言重了。纵妖行凶，草民从未做过，无视法律，草民更是不敢。设阵，也只是想有个对话的机会而已。妖虽与人不属同族，却也不一定害人。若是一心向善，也未尝不能赠其活路。"

这番论调倒是新鲜，将军听罢，眉毛不自禁地轻挑了一下。

"你继续说。"

江曲一喜，既然将军听了这番与常人认知相悖的话，仍能给他说话的机会，就说明其内心也未必就一定要将村中小妖都赶尽杀绝。

"将军，人与妖之间，其实从来就没有过深仇大恨。"江曲道，"您想，除了偶尔有恶妖兴风作浪以外，大多数的妖——尤其是我这村中的小妖们，不都从未伤害过人类，甚至与人类和谐地生存在一起吗？"

"人类中也有恶人，皇城附近的山贼，近些年来也给朝廷带来了不小的损失，但能因为这些恶人，就说整个人类族群都是邪恶的吗？所以，还请将军三思而后行，因为即使是妖，也是生命啊！"

将军揉了揉太阳穴，江曲这番话，终于还是令他动摇了。

说到底，妖不是草木，他们也有着与人类相同的情感，会哭、会笑，在不显示本相的情况下，外观上也与人类无二。一想到对一群手无寸铁的类人生物下手，即便是拱卫皇城多年的御林军将军，内心深处其实也颇有不忍。

"不愧是江老大，还真是舌灿莲花。"一声嗤笑将江曲的话打断，江虬翻身下马，"将军，能否容我问询几句？"

江曲一阵心悸，突然有种不祥的预感。

"自然可以。"

江虬一挥手，几名士兵抬了一只笼子上来。笼栏泛着银光，贴满了加固的符咒。

"啊！"江曲低呼一声，那笼中关着一只兔子，正是前段时间失踪的小妖。全村人寻找许久，也未能找到，只当是其回归山林，却从未想过有人能在村中将其拐走。

"你说他们一心向善，不敢害人，我倒是要试试，是不是真的！"江虬狞笑着，抽出了身旁士兵的刀。

然后，狠狠向笼中插去！

时间仿佛在这一瞬停止，江曲在脑海中预想了无数画面。但无论哪一个，都无法在不出手阻拦的情况下救下小妖。

"可恶！"

江曲怒吼一声，腰间长剑画出一道虹光，向着军刀挑去。江虬眯起眼睛，猛地抽身，刻意一偏，生生挨了一剑。

"大胆刁民！竟想袭击将军！"

江曲抽出长剑，后退两步，想要说些什么，却发现自己百口莫辩。他万万没想到，对方心思竟然缜密到如此地步，一环接着一环，设下一连串的毒计。

"将军，人妖殊途，这是天道。古往今来，哪有任何一只妖不是祸国殃民。"江虬捂着胸口，声音沙哑，"非我族类，其心必异。这村子离京城不过三百余里，之前豢养妖魔，此刻又袭击将军，难道还不是居心不良吗？！"

江虬心思歹毒，一句话，便将江曲打下无底深渊，永不得翻身！

果然，将军的眉头皱了起来，望向江曲的目光也变得不善。

"人妖共存这种事情，他说得轻巧，但将军可曾想过，这仅仅在双方没有任何利益冲突的情况下才能达成。"江虬冷声道，"人活着，怎么可能没有冲突？"

"今天他能为了一只兔妖向将军出手，明天就未必不会为此颠覆皇权，况且，他说他是人类……

"谁来证明？！"

江虬声若炸雷，手中的木杖指向江曲的脸，爆射出道道绿色光晕。

江虬每说一句话，将军的眼神就变冷一分，到了最后，已是将长枪横指向外。

"你还有什么要解释的？"将军的声音不带一丝情感。

江曲知道此事已至绝路，再无回旋余地。他长叹了口气，合上了双眼。

"村民是无辜的。"江曲低声道，"只求将军取我性命后，不要再伤及他们。"

将军挥了挥手，冷冷道："事情既已查清，那就就地裁决吧。"

"唰"的一声，卫兵将刀抽出。

一刀斩下，江曲的头颅应声飞起，在空中画出一道圆弧，落在泥土之上。

村中的石碑猛地一震，爆射出耀眼的红光，如若实质。红光散到村边，升腾而起，罩住整个村子。

"倒是条汉子，只是蠢了点。都说了这点小把戏拦不住我，怎么就是不信。"将军提起长枪，猛地一抖，指向村子，"张弓！"

"射！"

数百支箭脱了弦，如同暴雨般迸射而出，落在护罩之上，炸出朵朵赤色的花。

尽管仍然没有一支箭能突破护罩，但任谁都一眼就能看出，护罩的色彩黯淡了许多。

而此时，每名士兵身后的箭筒，都还剩下数十支箭。

不知是谁先向后跑去，全村的居民都开始了逃亡。无论人或是妖，到底没经历过这种场面，最初的呆滞后，求生的欲望便充斥了脑海。

第二拨箭飙射而出，纷纷撞击护罩，石碑上开始有了裂痕。

江虬跨过江曲的尸体，向着村口走去。

"太美了。"他舔了舔嘴唇，轻声道，"真的太美了。"

"果真没有枉费我十多年的搜寻，数十只妖，身拥法力，却仅仅用来生火劈柴。"江虬伸手触及护罩，"这里简直就是宝库。"

他手中的桃木杖旋了一圈，狠狠砸在护罩上。碧绿碰撞赤红，喷涌溅射。

石碑上的裂痕突然加深了许多，红光也愈加黯淡。江虬这一次攻击给护罩带来的破坏，甚至超过了前两拨箭雨。

江虬被震退数步，木杖戳在地上，堪堪站稳。他望着隐隐有溃散迹象的护罩，冷笑一声。

"看你们能跑多远。"

"快走！"江伊拉住了青狐的手，将他从墙角拽起，向着屋外跑去。

青狐目光呆滞，失魂落魄地跟在江伊身后。阳光穿过护罩，映得村中到处都是淡淡的红光，仿佛血与火。

村民们逃得极快，一个接着一个超越二人的脚步，将他们甩在身后。

啊……头好痛……又是这种感觉……

青狐抬手，抚住半边头颅。剧烈的头痛使他一阵恍惚，视线也变得不清晰起来。

他踉跄了一下，摔倒在地，蜷成一团。

"你怎么了？！"江伊感到手中一空，当即回头，正看到青狐躺在地上，痛苦地撕扯着头发。

"我的头好痛……"青狐呻吟道。

他的獠牙刺破嘴唇，带出一丝鲜血。低沉的吼声从他喉间发出，身体也变得滚烫。

"咱们很快就能逃出去了。"江伊的声音带着哭腔，"再忍忍，再忍忍就好……"

他们头顶的护罩不时闪过一点殷红，如同有点点星辰，在烈火中湮灭。护罩的光芒不断地黯淡，相比最初，已经到了岌岌可危的状态。

青狐大口喘着气，不再撕扯头发，肌肉也渐渐放松。尽管头仍然痛得厉害，他却已经能保持意识上的清醒了。

他环视了一圈四周，突然有了一种预感，自己即将抓住脑海中那条二十多年来总也碰触不到的线索。

"师父呢？"青狐强忍着疼痛，艰难开口，声音嘶哑。

"父亲去找那个将军了，他想以理服人，但是……"眼泪从江伊的眼角涌出，流过双颊，自下颌滴落，"他已经，他已经……"

青狐伸出一根手指，压在江伊的唇上。

"师父他一定没事。"

江伊呆呆地看着青狐。

青狐擦干了江伊的眼泪，勉强支撑自己坐起，又一次重复道："师父他一定没事。"

"可是石碑……"

"师父他一——定——没——事！"

江伊沉默，过了好一会儿，才用微不可闻的声音说了一句："好。"

"扶我起来。"青狐道。

江伊轻轻点了点头，挽着他的右臂，将他拉起。

村子道路的尽头处，突然闪过一道绿色的光芒，撞击在护罩之上，爆出巨大的能量。大地猛地震颤了一下，一些不够结实的房屋墙壁，甚至出现了裂纹。

"走吧，这里坚持不了太久了。那些士兵迟早要攻进来，若是走得太晚，恐怕就不好逃离了。"说罢，青狐拉住了江伊的手，"我背你，能逃得快一些。"

"啊，你的身体没问题吗？"

"没问题的，我毕竟也是个妖啊。"青狐俯身，弯下了腰。他双手向后，环住了江伊的腿，道："抱紧了！"

然后，向外冲去！

7.

村子里几乎空了。

青狐的小腿布满青筋，肌肉随着脚掌撞击地面而震颤。银色的光辉自他的脚下升腾而出，追逐着他的影子。

江伊用双臂紧紧环住青狐的脖子。

青狐宽厚的背仿佛有种魔力，只要贴在上面，江伊就能安心。

"江青槲。"

"嗯？"

"逃出去之后，娶我吧。"

青狐身形微微一顿："嗯。"

"我不要什么凤冠霞帔，也不要什么金玉之器，我已经失去了太多东西，已经不再奢望得到什么，只要你我在一起就好。"

"嗯。"

"我们再也不参与世事纷争，安心地找处渺无人烟的山林，既不与人接触，也不与妖接触，男耕女织。"

"嗯。"

"我们还要生一个孩子，不要告诉他你的身份，也不要传授他一丝一毫法力，让他回归人类社会，做一个普通人，再也不要接触这些丑恶的东西。"

"可我的身体……"

"我会用生命做引，固化孩子的人形，这是父亲那本书里记载的方法，母亲也是这么做的。只要孩子的法力不足以逆向化回妖形，即便是仙界的照妖镜，也探查不出一丝一毫端倪。"

"但是……"

"没有但是。"江伊轻笑，"我说什么就是什么。"

"嗯。"

"我爱你。"

"嗯。"

"我爱你。"

"嗯。"

银色的火焰混着丝丝赤红，顺着青狐的足底向上蔓延，包裹了他的小腿。

他脚掌踏过的每个地方，都留下了深深的足印，沙被熔化，泥土烧成琉璃，光滑如镜，反射着七色的光。

一根狐尾突破青狐尾椎处的皮肤，钻了出来，散发着与他过去淡青色毛发截然不同的亮银光辉。

接着是第二根。

青狐沉默着，感受着江伊的心跳。他能清晰地感受到江伊胸前的柔软，却没有哪怕一丁点的旖旎心思。

天空中的护罩上，赤色的花仍旧绽放着，仿佛一场盛大的焰火晚会。

"好美。"江伊道。

那些花在她的眸子里倒映。

第三根狐尾钻了出来,在空中挥洒着银屑。

青狐放慢了步伐,他能看到远处模糊的人群。

村子的尽头到了。

护罩不断颤动着,摇摇欲坠,原本如血一般的颜色,已经变得极淡极淡。

淡到几乎看不出来。

第四根狐尾也钻了出来,四根狐尾不断摇晃着,喷薄着巨大的能量,空气似乎都受到其影响,变得扭曲。

青狐在护罩旁停下了脚步,把江伊从背后放了下来。

"小伊,对不起。"他的声音极小。

但江伊还是听清了。她睁大了眼睛,露出了难以置信的神色。

"你……"

青狐用力,把江伊推出护罩之外。

第五根狐尾钻了出来,银焰猛地突进,冲上青狐腰间,在他身上萦绕,随着他的动作灼烧一切。

"怪不得这么熟悉,原来如此……"青狐喃喃道,"这一切我全都经历过啊。"

"妈的,这个什么灵态什么时候结束?!"他的耳边隐隐约约响起了人声。

"好熟悉的声音……"青狐自言自语,在记忆中摸索着,"啊,原来是你啊，小黑哥……"

黑白无常、虎鲸、食神，一个又一个影子在他眼前浮现。

青狐甩了甩头，看向自己的手掌，银色的火焰盘绕向上，剧烈地燃烧着，散发出耀眼的光。

灵态吗？

他轻轻一振手臂，指尖被赤色包裹。锋利的指甲自赤色顶端钻了出来，扫过空气，留下道道火痕。

"对不起，小黑哥，还要让你们再坚持一会儿。"青狐看向天空，轻声道，"我在这个世界还有点事情没办完。"

青狐抬步向着村内走去，银焰爆燃，向外席卷，将他全身吞噬进去，唯留七根狐尾在外。

"浑蛋！！"

青狐浑身一震。

"江青榭，你就是个浑蛋！！"

江伊的拳头打在护罩之上，碰撞的地方，绽放出赤色的花。

"你不是说要娶我吗？！"

银焰冲天而起。

巨大的银色妖狐踏空而起，他七尾轻摇，流光溢彩。

"你不是才答应过我吗？！远离世俗、男耕女织，还有……生下一个孩子……"江伊蹲下身子，努力伸手向前，却被护罩拦住，"江青榭，你浑蛋！"

"你浑蛋啊……"

"对不起。"青狐右手穿过护罩，揉乱了江伊的头发。

然后在她的颈间一捏。

"带她走吧，走得远远的，再也不要回来了。"

青狐转身、弹跃，在空中奔行，银色的洪流狂飙突进，向着村外冲去。

8.

江虬面对护罩，重新举起手中的桃木杖，声音里充满了兴奋："再来一拨，这护罩就完蛋了。"

能量在杖尖波动，凝聚成道道绿色光丝，交叉向下，缠绕了整根木杖。

他左手打了几个结印，轻喝一声，将木杖顿在地上。绿色的光闪烁着，在杖尖猛地涨大，然后冲击地面。

绿色的光环不断生出，自他脚下向外蔓延。

将军再一次挥动长枪，扬声怒吼："张弓！"

然后将枪下劈。

"射！"

箭雨倾盆，落在护罩之上，绽放出最后的华彩。

村中心的石碑终于被炸碎成一抹烟尘，不复存在。

护罩碎了。

"找到你们了！"与此同时，江虬面露喜色，"你们绝对逃不了！"

他把桃木杖立起，双手紧握，感受着妖的气息，然后一愣。

"嗯？这股气息……怎么越来越近了？"

"谁说我要逃了？"

红色的火痕划开空气，凶狠斩下！

江虬大惊失色，拼尽全力向后退去，同时把桃木杖一横，向上格挡。

绿色又一次在杖尖凝集。这次绿色并未喷薄，而是渗入杖身。眨眼间，桃木杖便通体透明，犹如翡翠。

但江虬感受到的危机感仍未减少一丝一毫！

银色的狂潮充斥天地，向前翻滚，不断地推进。炽烈的光甚至压过了天上的太阳。

"天哪……"

江虬望着一片花白中的点点血红，喃喃出声。

五道燃烧的光痕直劈而下！

桃木杖自中间断成两截，江虬受到重击倒飞出去，胸前尽是血迹。

一切在瞬间发生，又在瞬间结束。包括将军在内的所有人，都心神震撼，停下了动作。

雄狮大小的银色灵狐轻盈落地，他眸中碎金流转，目光冷冷扫过面前的人类。

噬人的怒火在他眼中燃烧，他道：

"该偿命了。"

9.

青狐重新化为人形。他的嘴中不断溢出血液，洒在胸口，把一袭青衣染得殷红。

"杀了我吧。"他望着愈来愈壮大的军队，笑道，"我到极限了，只能做到这步了。无论父母、族人还是师父，若是泉下有知，希望不会怪罪于我。"

"你很强，一个人斩了我近千士兵，也很有骨气。"将军微微向前倾身，以示尊敬，"如果你我不是这种敌对关系，我一定会请你喝一杯。只可惜人妖殊途，看来这个机会，是永远没有了。"

青狐笑着摇摇头，合上了双眼。

"动手吧。"他道，"人妖殊途这种话，还是不必再说了。败者为寇这点觉悟，我还是有的。"

将军叹了口气，接过身边士兵递过来的刀，走上前去。他扬起刀，瞄准了青狐的咽喉。

刀即将斩下的那一刻，将军突然感受到极大的威胁。他惊恐地大吼一声，松开刀柄，身形暴退。

一道黑色的闪电从天而降，打在刀尖。

精钢打造的军刀竟是从顶端开始崩溃。闪亮的光面瞬间模糊如沙，在风中飘散开来，如同燃烧的落叶，化为飞灰，几秒内便消失无踪。

一丝碎屑都未曾留下。

将军大骇，急忙后退几步拎起自己的长枪，指向青狐身后。

"大胆刁民！"他吼道，声音却没有了最初的底气。很显然刚才那道闪电，给他带来了极大的震撼。

青狐诧异地回过头，看见人流穿过破败燃烧的村庄，向着村口走来。

一个又一个人站在青狐身后。

"村长死了啊。"一位老人从人群中漫步出来，轻轻捋了捋胡子，声音略带悲伤。

是药铺的李伯伯。

"江伊在内的所有妇孺，都已经安顿好了。"老人道，"也是时候，让这些人付出一点代价了。"

青狐简直不敢相信自己的眼睛。在他的印象中，这些村民都是一些手无缚鸡之力的普通人。他们从未展现过自己的能力，以至于青狐几乎已经忘了，这些人也是货真价实的猎妖师。

"孩子，你很好，比我们都好。无论是为了复仇，还是为了正义，你能为此放弃一切，迎难而上，这就是我们所比不了的。"老人的手心散出温暖的白光，"我们这群老家伙太久没经历过争斗，已经忘了很多事情。其中最不该忘的，就是这个村子为何会与妖同居，反而远离人类。"

他把手轻轻放在青狐的伤口之上。白光的包裹下，伤口竟以肉眼可见的速度开始愈合。青狐能清楚地感受到自己的体力开始恢复。每一块肌肉，都重新充满了力量。

老人收回了手，站直身体，昂首直面士兵，目射星光。

"与妖魔比起来，"他自剑鞘中抽出一把古剑，冷冷道，"人类要罪恶得多。"

老人衰老的身躯重新焕发出活力，他拖着古剑，身姿矫健，步步向前。

与此同时，其他人也纷纷抽出了兵器。

"老朽李清，以手中古剑破尘，试问将军。"老人振剑前指，昂声道。

"正道何在？！"

"欧阳正。"

"洪火。"

"李牧。"

平日里面容和蔼的村民，刚刚还四散奔逃的村民，一人接着一人，经过青狐身边。他们道出自己的名字，激发自己最强的能力，展现出绝对的血性。

马匹慌乱地打着响鼻，足下不稳。比村民人数多了数十倍的军队，竟开始缓缓后退。

"嗷呜——"

一声狼嚎后，落在队伍最后的一名村民龇出獠牙，变为战狼，奔行突进。

接着是一棵巨大的柳树，它抖了抖枝叶，将根系深深扎入泥土。随着枝条的甩动，无数柳絮飘飞出来，汇聚成云，向着军队席卷而去。

一只赤色的鸟儿腾空而起，对准那柳絮聚成的云，猛地吐出一口火焰。一只长尾如镰的鼬鼠带起一股旋风，弹跃出去，与絮云擦肩而过。

絮云猛地绽放出耀金色的光，四散分离，化为道道陨星，坠入士兵之中。

青狐一生中都没见过这么多不同种族的妖，甚至其中相当一部分，青狐连听都没听过。它们有的强大，举手投足间，天地变色；有的弱势，却能经过重重组合之后，释放出巨大的能量。

本该是世仇的两个族群，并肩而立。

青狐擦干了嘴角的血迹，突然笑了。他踏前一步，自腰间抽出那把名为刺星的匕首。匕首抽出时，万千微缩星辰扬起，绽放出耀眼的光。

"江青檞！"

10.

将军此时是真的慌了。

之前与江曲谈判时，他丝毫不曾担心。江曲的确称得上是一方强者，但他同时也是个公心大过私心的人，为了身后村民的安危，他服法自裁的概率不会低于一半。即便事情有变，他旧伤复发，新伤未愈，也掀不起什么风浪。

狙杀青狐时，将军也只是小小地讶异了一下。毕竟青狐实力再强，终究也只是自己一个。个人武力抵挡不过，大不了就使用人海战术，就算是妖王，体力也不可能是无限的。

更何况以青狐的实力，最多也不过是一族族长。只要舍得牺牲，终究可以将其拿下。

但现在，将军终于感受到了无能为力。

事情已经脱离了他的掌控。他万万没想到，整个村子藏龙卧虎，每一个村民都不是低手。尽管不似青狐刚才那般强大，但相比普通士兵，他们仍然强出了太多。这之间的差距，单靠人海已经无法解决。

重要的是，此刻群情激奋，人人都抱着一颗复仇的心。即便军队败北，只怕这些村民也并不会就此罢休。

村庄距离皇城仅有三百余里，万一出了什么有碍于皇权的事端，他这个御林军将军的位子必然是保不住的。若是事情闹大，等待他的惩罚，甚至会上升到株连九族的地步。

"可一切都来不及了。"将军看着节节败退的军队，喃喃道。

他重新拎起长枪，站到了阵列最前方，寻找着青狐的身影，然后逆着后退的士兵，反迎上前。

"我不后悔。"他长枪直刺，拦住了追杀士兵的青狐，"你我各为其主，我杀了你的师父，你自然应当取走我的性命，这是我的宿命，也是你的宿命。只要仍在世间活着，我们就逃不脱宿命。"

将军深知败局已定，此时战死，或许是最好的结果。但他也不明白，为何自己要说出这么一番话，并偏偏选择了青狐，作为取走自己性命的人。

青狐手腕微微一偏，匕首翻转，正好格开了长枪。刀刃切着枪头，刺向将军的胸膛。将军有了寻死之心，连躲都没躲，被一下刺中。

那匕首攻击力极强，刺入将军胸膛的一瞬间，便在他背后炸出一个大坑。

"你应该后悔。"青狐拔出匕首，推开已经脱力的将军，继续向前。

擦肩而过时，青狐冷淡的声音才传入了将军的耳朵。他说："你从了你的主子，却违了良心。"

将军没想到青狐会说这么一句话，不由得怔了一下。

"我……唉……"

将军想解释什么，最终还是叹了一口气，任由自己仰面摔在坚实的大地之上。

天空一点云都没有，湛蓝的颜色映在将军的眸子里。他的胸膛不断起伏，气息却越发微弱。当啷一声，长枪自指间滑落，落在地上。

将军死了。

青狐向前走了几步，停了下来。杀戮的哀号声、兵刃的撞击声、火焰燃烧的噼啪声，各种各样的声音充斥在他的耳畔。除天空外，青狐视线所及的每个地方都是鲜血与战火。

"这让我恶心。"青狐啐了一口，自言自语，"真的真的很令我作呕。"

他把匕首插回腰间，突然转身，走到将军的身前，缓缓蹲了下来。

　　"有一句话，你没说错，"青狐说着，替将军合上了双眼，"这是我们的宿命。"

　　"只要仍在世间活着，我们就逃不脱宿命。"

　　"我要坚持不住了！"黑无常的声音隐隐约约传入青狐的耳中。

　　"但我还是要向宿命这种东西说一句——去你妈的吧。"

11.

　　看着眼前的青狐逐渐退回原本的形态，众人都松了一口气。

　　青狐化为人形，喘着粗气。

　　"我做了一个梦，一个很长很长，又极其真实的梦。"他缓缓道。

　　"我想起了我是谁，我……重新经历了一遍我的过去。"

无常店
WU CHANG DIAN

❾ 侠

嘿，

看那长剑舞。

纵斩了皇天后土，

不及卿归处。

1.

　　"你们还能想得起来自己的过去吗？"青狐道，"那种数十年前，甚至上百年前曾经发生过的事情，你们还记得吗？"

　　众人纷纷对视一眼，虽然没理解青狐想要表达什么，却都陷入了回忆。

　　黑无常仔细地探索了一番自己的记忆，微微皱起眉头。

　　"小黑哥，黑无常不可能是你的真名吧？"青狐道，"可咱们两个结识百年之久，你却从来没跟我说过你的名字是什么。"

　　"我能回想起的最远的事情，好像是我刚当上无常的时候。"黑无常不确定道，"孟婆奶奶对我说，帮我们，不一定有恩才要帮。再向前，我就只记得有关夏浅的事情了……至于姓甚名谁……"

黑无常冥思苦想，终于还是开口："真的想不起来了。"

白无常点了点头，道："我能记住的一切，也是从这里开始。"

季攸在旁边"咦"了一声，有些惊讶："据我所知，所有鬼差都不需要喝孟婆汤啊。在我逃出来之前，你们的上一任黑白无常就能完整地记住自己的来历。"

黑无常的眉头皱得更深了，他在脑海中回溯更早的记忆，却一无所获。

"确实什么都想不起来。"黑无常道，"如果老白也是如此，那问题所在就不可能是我们自己。"

"果然如此……"青狐点了点头，沉下声问，"你们知道我为什么明明懂得如何幻化为人，却仍始终保持着狐狸的形态吗？"

黑无常有些诧异："难道不是觉得狐狸的状态更敏捷？"

"再敏捷，又怎么可能比人类更方便。"青狐摇头，苦笑了一声，"根本原因是，我的记忆中从来就没有长时间变为人形的时候。我甚至不知道现在掌握的这些法术自己是如何学会的，我甚至不知道自己的来历，我甚至不知道自己的种族。我会运用这一切，但这一切在我眼中，根本就是陌生的东西。"

"我前半生的全部记忆，仿佛从来不曾存在过。"青狐叹了口气，"不知道小黑哥有没有相同的情况？"

黑无常一怔，不自禁摸了摸自己胸前的玉佩。那块玉佩不止一次帮助他渡过难关，然而他自己却完全不知其来历。

青狐看到黑无常的动作，叹了口气："然而我现在，什么都想起来了。"

"我叫江青槲，是一只七尾，或许是尾狐一族唯一的传人。"他缓缓说道，"很久很久以前，我与许多不同种族的族人共同生活在一个村子里，我爱上了其中一个人类，她叫江伊。"

"我们之间发生了很多很多故事，有关自己的一切经历，我忘了那么久，现在全都想了起来。"

白无常突然伸出手，在青狐身上勾出了一丝魂火。他看着火焰的颜色，挑了下眉毛，然后将其送到鼻子下面，轻嗅两下。

"我可能发现问题所在了。"白无常声音低沉。他又从自己与黑无常身上勾出魂火，也凑到鼻子下面嗅了嗅。

"还记不记得重新找到夏浅时，我给你嗅的那一丝有缺陷的魂火？"白无常沉声问道。

"怎么可能忘。"黑无常笑道，"就是因为想要寻回其中残缺的部分，我救下你后，才会一鼓作气地独闯地府。"

白无常摇了摇头："可是你我从来就没注意过，自己的灵魂也有所缺陷。"

"什么？"黑无常一愣。

"不仅如此，青狐的灵魂也有缺陷，只不过他的灵魂要比夏浅强出太多，本身不易察觉，我才一直没发现。"白无常道，"这次有此奇遇，他的灵魂才算是修补完成。"

白无常说完，众人又陷入了沉默之中，压抑的气息冲淡了青狐恢复正常的喜悦。黑无常隐约感觉到他们触及了什么被隐藏了很久的秘密，却徘徊在外，不得而入。

隔了好久，季攸开口道：

"其实，我或许知道些什么。"

2.

季攸当年被救下后，就藏入了九街。

实力尽失、心灰意冷的他尽管在厨艺一途有了境界上的进化，却也因此失去了钻研的欲望。相反，他开始想尽一切办法去研究有关忘川的秘密。有太多的疑问萦绕在他的脑海，这些疑问一天不能找到答案，他心中的执念就一天不能解。

他之所以找上黑白无常，也正是因为如此。只不过还不等自己询问什么，黑无常就说出了那番想要得到"世界的钥匙"的豪言壮语，引来管理员注意，季攸自己的问题也就耽搁下了。

"现在我心中算是终于有了个差不多的答案。"季攸道。

他双目通明，一字一句道："所有人都被骗了，孟婆汤的真正效用，根本就不是抹除记忆。"

"你们想没想过，数千年前，世界上有多少人，现在世界上又有多少人？尽管万物均有灵，但你真的相信，一只普通的昆虫、一棵普通的植物，会通过转世投胎成为人类、妖精这种智慧种族吗？"

季攸这话说出，就连方唐都有些发愣。

"我猜测，灵魂并不是循环的。对于世界上绝大多数人来说，自己的灵魂只属于自己，出生时产生，死亡后失去，根本不会存在什么前世后世。"季攸道，"绝大多数的灵魂，其实并不会转世投胎，喝下孟婆汤用不了多久，就会消散无踪。只有强大的灵魂，才能保存下来。"

"这些保存下来的灵魂经过一世又一世地增长，一次又一次地受到汲取。大部分的结局是入不敷出，消散殆尽，比如夏浅；稍强一点的，每一世的增长能和汲取达到平衡，或许能始终存在于世间；更强的，大概就是九街现在的构成。当然，除此之外就是你们这种要么有着极强天赋，要么有所奇遇，能够避开投胎的人，尽管不能多次利用，不注意时被下了套，取那么一次，肯定是免不了的。"

"孟婆汤的作用，其实只是汲取灵魂力量而已，某段时间的灵魂力量被汲取干净，那段时间的记忆自然也就封存起来了。灵态的效果你们是知道的，可以把自然中的能量供给自己使用。青狐能恢复记忆，原因大概就是如此。"季攸道，"这是我的猜想，真实情况是什么我也不知道，不过应该不会相差太多。"

黑无常这才想起当初每次勾魂时带的那个小册子，上面记载的危险程度，想来就是灵魂的饱满程度。

"解释这些，其实都是为我接下来要说的做铺垫。"

季攸停顿了一下，组织语言道："作为食神，我最擅长的，就是对食材的鉴赏。而千年前，我曾经有过机会为蟠桃宴酿酒。"

白无常隐约猜到了季攸要说的事情，不禁倒抽一口冷气。

"那些蟠桃上，充满了灵魂气息。"

黑无常回到客栈后，便把自己关在书房内，茶饭不思。任谁叫门他都不曾回应。

五天后，凌晨刚过，黑无常从屋中出来。夏浅已经抱着孩子睡去，门外的白无常等人见他出来，纷纷站起。

黑无常目光坚定，语气中包含着决意。

他道：

"我要去墙后。"

3.

与几天前相同，黑白无常、虎鲸、青狐一行四人在月光下疾行。

他们穿过嘈杂的人群，走到街区尽头处的一间小屋前，叩响了门环。

方唐打开门，看了四人一眼，道："你们果然还是决定了。"

季攸叹了口气，端了托盘过来，托盘上是四杯酒，醇香四溢。

"这酒是我的珍藏，原料极其珍贵，全天下也只有我这里有。这四杯是我这么多年来酿造出的全部成品的三分之二，喝了之后能在短时间内提升你们的实力。"季攸道，"缘分一场，这酒就算是给你们饯行。"

"谢前辈赐酒。"黑无常深深地鞠了一躬，端起酒杯，一饮而尽。

杯酒下肚，四人只觉灵力不断上涨，当下也不再多留，随着方唐走出门去。

一路无话，走到据说那堵透明的墙最薄弱的地方，方唐抱拳作了个揖，对他们点点头，转身离开。

黑无常沉默地看着墙对面漆黑的街道，深吸口气，向前走去。

一道虹光打在黑无常的脚底，在地面炸出凹陷。

"这里不是你们应该来的地方。"管理员自空中跃下，挡在黑无常面前，"我劝你还是不要落下脚，否则付出的代价我怕你承受不起。"

黑无常又向前走了一步。

"让开。"黑无常的声音转冷，"我不会再说第二遍。"

为首的管理员挑了挑眉毛："我知道你，最近从地府叛逃出来的小无常，现在外面到处都是你和你哥哥的通缉令。今日一见，算是长了见识，实力多强还没见到，脾气倒是显而易见。"

"你在挑衅我。"黑无常的眼睛眯起，绽放出一点凶光。

"挑衅？"管理员无所谓地笑笑，"你想太多了，我只是在阐述事实而已。只有实力相当的人，才值得我挑衅。至于你？还差得远。"

黑无常怒极反笑，径直冲了上去。黑红色的火焰在他身周出现，空气扭曲，模糊了他的身影。

黑无常滑步侧身，右拳火焰绽放，猛地送出。

管理员却是仍抱着双臂，满脸的不屑一顾。

即将碰触到管理员的身体时，黑无常的右拳又一次加速。空气中爆开了一丝波纹，嗡鸣骤起，向外扩散。

在白无常等人的眼中，黑无常的右手甚至已经快到趋近隐形。自从叛逃地府后就从未出过全力的他，此时终于展现了实力。

"看来地府那一战，他真的比以前强大了不少。"白无常的嘴角微微扬起。

管理员微微惊讶于黑无常的速度，终于变了动作。他把交叉在一起的双臂抽出，手掌向外重叠，挡在胸口。

与此同时，黑无常的拳头裹挟着暴戾的气息，轰了上去！

时间仿佛在瞬间停顿，街道上所有人的心跳都漏了一拍。紧接着，耀眼的闪光从拳掌接触的地方绽放，如同正午的烈日，眯了所有人的眼睛。地面下陷，蛛网似的裂纹在黑无常和管理员的脚下出现，扩散出去。

管理员双手一震，弹开黑无常。他翻过有些颤抖的手，赫然发现两只手的手心都已在这次交锋中变得焦黑。

黑无常瞳孔一缩，他作为当事双方其中之一，自然知道自己刚刚释放出的能量究竟有多大。不要说普通人接不下那一招，就算是能力一般的小妖，恐怕都要直接灰飞烟灭。

而管理员仅仅是双手有些颤抖而已。

"不得不承认，你还有两把刷子，怪不得可以拆了地府一座殿。刚刚的确是我小看你了。"管理员道，"不过也就到此为止了，地府那群废物挡不住你，我可挡得住。我知道你想要什么，但恐怕你注定要铩羽而归了。"

管理员抬起一条腿，狠狠踩下。路面碎裂，碎片被震飞起来，悬浮于空中。随着威压自管理员身边向外，所有悬浮在空中的碎石都爆破开来，化为齑粉。

烟尘遮掩了战斗双方的身躯。

紧接着，耀眼的光自烟尘中闪烁！

管理员一个箭步，蹿到黑无常身边，抓住黑无常格挡的手腕，猛地回带，与此同时，左脚向前，屈肘直向胸膛。

太快了。

这是黑无常的唯一想法，接着他便被那一招打飞出去。

然而管理员的攻势还没完结。他双足发力，猛然跃起，依靠双腿力量加速，转瞬之间便越过了黑无常的身位。接着，管理员扭动身躯，探出了膝盖，凶狠地顶在黑无常的后背，将他压了下去。

贴身短打，管理员将身体的每一个关节都用到了极致。短短几秒之内，他便打出了十几招，完全压制了黑无常。

黑无常暗自着急，若继续让管理员这么打下去，怕是直到死也寻不到还手的机会。

"怎么办……"他喃喃道，胸前的玉佩微微亮起。

管理员露出残忍的笑意，狠狠地打下了组合中的最后一记重拳。

然而他却打空了。

黑红色的烟雾在他身后升起，黑无常消失闪现，一拳打在了管理员的后背上。

找到技巧后，管理员那极致的速度对黑无常再无威胁。

黑无常乘胜追击，连出数次重拳，拳拳到肉，反转了整个局势。

"能从地府叛逃出去，同时背着通缉逃了这么久，着实有点过人之处。"再次中拳后，管理员擦干了嘴角的血迹，实话说道，"刚刚是我小看你了，你比我想象中的还要厉害，想要彻底打倒你，我需要付很大的代价。如果你肯现在退回去，我可以保证既往不咎。"

黑无常报以冷哼，动作却是连停都没停。他又一次出现在管理员背后，将其打飞出去。

管理员右手触地，上撑，一个筋斗翻过去，才勉强站稳。

他脸色沉得仿佛要滴出水，声音低沉，强压着暴怒道："我看你是敬酒不吃吃罚酒！"

管理员的气势再度攀升，他双手合十，再张开时，五指顶端出现了金色的流光。流光自手指向下蔓延，包裹管理员的双手，直到手腕，凝结为一双拳套。

他合上双眼，深吸一口气，握紧双拳。拳套的光芒瞬间熄灭，化为精钢的白色。双眸再启时，仅剩一圈不知由何种文字写成的符文镌刻在拳套上方，重新亮起。

"你以为这样就可以了吗？"管理员的瞳孔闪着微微金芒，他微微眯眼，露出了危险的神色，"需要付很大的代价，并不代表我付不起。"

接着，他怒喝一声，双手并握抬起，跳跃冲天。

黑无常抬起头来，只能见到天空中下落的钢铁流星。危险的感觉如潮水般袭来，他下意识地没有再使用移形换影之术，而是拼尽全力，向后退去。

拳套凶狠地砸在黑无常刚刚站立的地方。令黑无常有些诧异的是，拳套碰触到的地方并未像他预想中那般爆炸，而是仅留下拳印，与之前并没有什么不同。

　　还未等他进一步仔细观察，管理员就又向他冲了过来。这一次的速度显然比上一次要快很多。黑无常见状急忙侧身，意欲闪过。

　　管理员一招未成，当即探出右脚，定住身形。接着腰肢扭动，猛地甩出鞭拳。

　　这一次黑无常再也闪躲不及，立刻扬起双臂，护住头颅。一股巨力自黑无常的左臂传来，将黑无常震飞出去。

　　黑无常好不容易站稳，却猛然感受到极度的威胁。他身体僵直，仿佛被狮子顶上的角马般无法移动。

　　他抬起手来，左臂下端受到管理员攻击的地方，赫然多了一道金色的符文。

　　还不等黑无常有所反应，他脚下突然震动，轰然爆炸！

　　黑无常下意识地蜷缩起身，整个人如同一颗被发射出的炮弹般撞进了周边的一栋楼内。黑无常艰难地站起身子，猛地吐出一口鲜血，才感觉气息平稳了些。

　　他刚屈身准备弹出，却又一次感受到了极度的威胁。手臂上的金色符文化为红色，黑无常猛地一惊，终于意识到了管理员的攻击方式。

　　轰！

　　又是猛烈的爆炸从黑无常撞进去的那栋楼中爆发。冲击波扫平了整整一层的墙壁，将所有钢筋冲断。接着，全楼向下倒塌，分崩离析。

　　虎鲸见状怒喝一声，抽出两柄厨刀，飞跃而起。水蓝色的刀光从天而降，径直斩向管理员。

　　随着一声枪响，刀光被打了个粉碎。另一个管理员上前一步，双手各握着一个手炮，瞄准虎鲸。

"你有点不守规矩哦。"他的声音沙哑难听，"既然如此，就让我来教教你，规矩二字怎么写。"

话音刚落，手炮上泛起光来，猛然开火！

虎鲸重心下沉，面前出现一面半透明的水蓝色的巨盾。

枪焰闪烁，附了魔的子弹不断从枪管中射出，狂飙突进，打在巨盾之上，溅起道道光华。

与此同时，白无常和青狐也动了，他们迎上其余的两个管理员，释放出体内的全部灵力。一时间，各色光辉照亮了夜空，金铁交接的声响不绝于耳。

黑无常被埋在倒塌的楼房之下，蜷缩着身子。他双手抱头，喉咙里不断发出痛苦的呻吟。他只觉得头颅内仿佛有一万只虫子噬咬、吞食着他的脑浆。

战斗如火如荼，每个人都开始拼命。

虎鲸终于忍受不了躲在盾后，他狂啸一声，身后有鲸影闪现。若有若无的歌声在每个人耳边响起，虎鲸撤下水盾，厨刀一甩，无数水珠化为弹幕，如暴雨梨花，倾泻而出。

水箭和子弹在空中碰撞，不断爆炸。虎鲸则一边躲着子弹，一边迎面而上。跑到管理员面前时，虎鲸一声怒吼，双刀交叉，绞向管理员的脖子。

枪火一顿，血液飞溅，洒了虎鲸一头一脸。

虎鲸一脚将管理员踢开。那管理员身子飞起，重重落在地上。

虎鲸这才半跪下来，喘着粗气。尽管他始终躲避，水箭也拦下不少子弹，但终究还是有几颗打进了他的身体。好在这些子弹虽然不断销蚀着虎鲸的灵力，却并未命中要害。

与此同时，青狐和白无常那边的战斗也终于结束。四个管理员除了为首的那个以外，其余三个都败下阵来。

但白无常心中总有点不踏实，为首的管理员能力最强，即便黑无常也不是对手。照理说，他完全没必要参与进来，看着他们一对一争斗，使得其余几个管理员一一落败。

倒塌的废墟微微松动，黑无常推开头顶的一块巨石，跳了出来。所有人的目光都被他吸引过去，无论是谁，都能明显地看出黑无常的气质有些变了。

黑无常胸前的玉佩绽放着耀眼的光芒，他看着远处的管理员，张开了右手。黑红色的烟雾弥漫，一柄长刀凭空出现在黑无常的手中。他一步踏前，穿过数百米，长刀直劈而下。

刀刃斩开管理员的皮肤，在他的胸膛留下一道极长的伤口。

管理员后退两步，又重新站直。那伤口竟然以肉眼可见的速度愈合起来。正当黑无常想要出刀再砍，一发带着红色尾火的子弹直射而来。黑无常扬刀拦住，被打得飞起。他空翻一下，轻盈地落在地上，看向子弹飞来的地方。

虎鲸原以为已经杀死的那个管理员，正嘿嘿笑着站起。

黑无常皱起眉头，又一次冲了上去。

战斗讲究一个士气，所谓一鼓作气，再而衰，三而竭，就是如此。虎鲸等人本就与其余三个管理员势均力敌，此时一股气泄下去，打得越发艰难。反观管理员，却仍是生龙活虎，身上的伤竟已完全愈合，就连灵力也恢复至巅峰。

黑无常手中的长刀不断劈出。他的速度越来越快，带起道道残影。然而无论砍中管理员几次，管理员的伤都会重新愈合。

时间一分一秒过去，黑白无常一方的劣势越来越明显。又一次擦身而过时，管理员手中的巨锤狠狠砸在青狐的胸膛上，将他打飞出去。

青狐在空中停留几秒，狠狠摔下。他趴在地上，浑身脱力，只觉胸口剧痛，吐出一大口鲜血。管理员见状冷笑一声，猛地跃起。他起步的力量之大，以至于地面都出现了蛛网似的碎纹。

空中，管理员将巨锤抡了个圆。随着一声暴喝，烈焰包裹巨锤，狠狠砸向青狐的头顶。

白无常硬接了一刀，身形借力暴退，怒吼一声，长发无风而起。白色的光球自他手中生出，他扬起手，猛地把光球按在地上。

一道气浪呈圆弧状向外扩散，推开了所有正在缠斗的管理员。

巨锤紧擦青狐头皮而过，没能伤其性命，即便如此，也把青狐一撮头发烧成焦炭。

虎鲸冷笑一声，扬刀追击。

"够了！！"

白无常吼道。

所有人的动作都停了下来。

"可以了。"白无常道，"已经够了。"

"弟弟，放弃吧，我们做不到。"白无常冲着黑无常摇了摇头，"所有人都已经筋疲力尽了，而这四个管理员，只要还在这扇门附近，就会有无穷无尽的力量。"

"你忘了方唐说过的吗？他们曾经闯入过另一个世界，受了几乎算是丢了性命的重伤。你和季伩有过短暂的较量，自然知道他现在的实力和当初作为神官时的实力差距有多大。"白无常声音沙哑，"可你看这几个管理员现在愈战愈勇的样子，哪里像是曾经受过那么重的伤？"

黑无常身上的黑袍残破不堪，他喘着粗气，道："哥哥，你错了，还没够。"

"小黑！"

"不要这么叫我……"黑无常用只有自己能听到的声音道，"黑无常这个名字，真的是很难听啊……"

"我们有自己的名字的，哥哥，你忘了吗？黑白无常只是我们曾经历过的片段，却不是我们的一切。任何人，都别想用'无常'这两个字束缚我。"

黑无常放下手，松开了长刀，那刀打着旋落下，插在地上。

他的身周重新散发出黑红色的火焰，不一样的是，这次其中夹杂着玉佩射出的乳白色光芒。黑无常足尖点地，轻盈地飞上天空，然后面对四名管理员，张开了右手。

一点赤色在他的手心旋转，散发着微芒。

"很小的时候，我就问过师父，什么是侠。"黑无常扬声道，"他说：'今游侠，其行虽不轨于正义，然其言必信，其行必果，已诺必诚，不爱其躯，赴士之厄困。'"

"这段话出自《史记》，从听到的那天起，一直到今天，我读了数万遍，甚至能倒背如流。"

白无常猛地一怔，脑海中突然有什么东西刺痛了一下。

"师父？……"他伸出自己的手，喃喃道，"我为什么会一直忘了，我还有个师父……"

黑无常手中的赤色越发浓烈，他微伏身躯，浑身散发着锐气："这段话的意思是，侠，虽然行为不符合道德法律的准则，但凡从口而出的话，必定守信，做事必定果敢决断，承诺必定达成。同时，敢于牺牲性命。

"这曾是我的梦想，我却从未实现过。我言出未必践行，做事不够果断，承诺了很多，却一次又一次退缩。更不要说牺牲自己。"

赤色爆破开来，顺着黑无常的手指向上。朵朵彼岸花在空中绽放燃烧，照亮了九街的夜空。

"哥哥，你错了，真的错了。"黑无常的声音不大，却中气十足，传遍了整个街区，"或许所有人都觉得当忍则忍，可我已经忍得太久了，久到忍无可忍。为侠者，当有翻天的气势。这，就是我的道。"

黑无常将另一只手也举起，同样的赤色，开始同时向上。

"况且，当初骂我是懦夫的，不也是哥哥吗？面对牛头，不也是你，不惜激发了禁术吗？你那时的意气哪儿去了？你难道不想知道，我们前世的记忆哪儿去了吗？你难道不想知道……

"是哪个强盗窃取了属于我们的东西吗？"

白无常愣住了。

"我带夏浅出来时，我在牛头面前拔出刀时，我破入秦广殿时，我想起自己的名字时，我都一遍又一遍地告诉自己，不需要再妥协了。"

赤色包裹了黑无常的身躯，一道光纵天贯地，如雷霆闪烁，自黑无常体内爆射出去！

"很多事情，靠情理解决不了，靠律法解决不了，我就用我的一双拳头来解决。这世间，将再无人能欺我瞒我！"

黑无常的身躯涨了五倍有余，赤色的光辉四溢，使得整条街都仿若白昼。光芒下，一切都失了颜色。他的声音愈来愈大，最后震耳欲聋，化为暴怒的咆哮。

"我不叫黑无常！"

一把仿佛由熔岩凝聚而成的重剑在他的手中出现。他双手将其握住，狂啸着劈落！

充斥天际的红，如巨龙般暴虐，直冲而下。空气被压缩，刀背处，出现了象征着突破音速的音锥。雷鸣般的爆响中，熔岩凶狠地斩进了透明的墙壁。

墙碎了！

然而刀的下落，却并没有停止。

"灵态……"站在首位的管理员望着天空中咆哮的巨人，喃喃出声。他的兜帽被吹开，露出了一张苍白的脸。那把几欲斩碎一切的剑距他愈来愈近，融化了他的拳套，在他的瞳仁中放大。

火焰轰击在地面的瞬间，巨人的第二句话，才传入管理员的耳中。

他说：

"我叫——顾青锋！"

尾声

清晨，太阳升起之前，九街收街。

前一天夜里，无数妖精、人类听到街内有战斗的声音。九街时常有争斗发生，却从未如此浩大激烈。即便是隔了数千米的入口处，都能感受到自那里传来的暴戾气息。

与此同时，一件大事传遍了整个九街——"墙"碎了。后九街在一夜之间彻底开启。

唯独一人不知道。

夏浅把客栈的窗子打开，阳光射了进来，洒在柜台前无人的躺椅之上。

整个客栈空荡荡的，夏浅今晨才通过老鬼知道黑白无常一行的去向。老鬼见不得光，抱着孩子躲进了里屋。唯独夏浅一人站在大厅当中。

她有些无措，一时不知该做什么。想了想，还是推开了书房的门。

夏浅小心翼翼地走到书桌前。书桌桌面上，摆满了她的照片。照片的最上方，则压了一张宣纸。宣纸上写满了字，俊逸潇洒，力透纸背。

夏浅深呼吸几次，颤抖着拿起那张宣纸。

然而还不等她阅读，客栈的大门被打开了。

她听到声音，猛地回头，只见蹭得满脸灰尘的男人坐在桌前，冲她眨了眨眼睛。男人把破烂不堪的黑袍脱下，包着银锁扔在地上，然后扯起嗓子。

"我饿了！"

夏浅一怔，眼泪不住地涌出。

宣纸飘落。

"有人书，

英灵浊世沉浮，

笑靥人间三途。

人道是酒以青梅煮，

哪得糊涂。

一叶榭，

悲欢离合踯躅，

万物生息迁徂。

君不见韧茎攀白骨，

青枝溥溥。

嘿，看那长剑舞。

纵斩了皇天后土，不及卿归处。"

（故事还在继续，敬请期待）